理解贝茜

Understood Betsy

【美】多萝茜·坎菲尔德·费希尔/著　杜庄/译

江苏凤凰文艺出版社
JIANGSU PHOENIX LITERATURE AND
ART PUBLISHING, LTD

目录

contents

第一章　哈莉特姑婆的咳嗽 …………………………… 001

第二章　贝茜拉住了缰绳 ……………………………… 017

第三章　一个短暂的上午 ……………………………… 033

第四章　贝茜去上学 …………………………………… 046

第五章　贝茜上几年级? ………………………………… 055

第六章　如果你不喜欢书中的对话,跳过这一章! ……… 069

第七章　贝茜考试不及格 ……………………………… 086

第八章　贝茜成立了一个缝纫协会 …………………… 101

第九章　新衣服几乎泡汤 ……………………………… 117

第十章　贝茜过生日 …………………………………… 127

第十一章　理解弗朗西丝姑妈 ………………………… 149

第一章

哈莉特姑婆的咳嗽

这个故事刚开始的时候，咱们的女主角贝茜仅仅是个九岁大的小女孩儿。她和姑婆哈莉特一起住在位于美国中部一个中等大小的城市里。你不必深究这个城市的具体情况，这跟咱们的故事没什么重要的关系。况且你可能十分了解这个城市，因为它和你生活的地方也许非常相像。

贝茜的姑婆哈莉特是个寡妇，日子还算过得去。姑婆有个女儿名叫弗朗西丝，她平时给女童上钢琴课。哈莉特姑婆母女俩还照顾着一个名叫格蕾丝的"女孩"，她患有严重的哮喘病，尽管被称为"女孩"，但实际上格蕾丝差不多快五十岁了。格蕾丝经常咳嗽，声音大到几乎整栋楼都听得到，所以没人愿意租房给她住。哈莉特姑婆有副好心肠，于是就收留了格蕾丝。

现在，你已经知道所有家庭成员的名字，也该看看她们长什么样了。年纪很长的哈莉特姑婆,又瘦又小;中年人模样的格蕾丝,看起来也很瘦小;在光线不太强的情况下,同样瘦小的弗朗西丝姑妈,勉强算得上是个年轻人;年幼的贝茜更不用说,也是又瘦又小。她们的食物很是充足,可让人纳闷的是,她们怎么都长得那么瘦小呢?

这当然不是因为姑婆她们的心肠不好,她们可以称得上是全世界最善良的女人了。刚才也提到过,哈莉特姑婆主动收留患有哮喘病的格蕾丝(虽然格蕾丝是个性情极度抑郁的人)。当贝茜的父母相继去世、她还尚在襁褓中时,哈莉特姑婆母女就风尘仆仆地赶来,主动提出要收养她,尽管贝茜还有姨妈、姑妈、舅舅、叔叔等很多亲戚。她们把贝茜带回家,用最无私的爱呵护着她。

哈莉特姑婆母女俩是这么对贝茜说的,她们最大的责任就是把这个可怜的小东西从其他亲戚们的手中解救出来。因为那些人根本就不知道怎么把这个敏感、易受影响的小家伙抚养长大。从贝茜六个月大的样子判断,姑婆她们当时就深信,她将来肯定会是个敏感、易受影响的小孩。当然她们收养贝茜还有一个可能,那就是在城市孤零零的小砖房里,她们的日子过得略微无聊和空虚,一个小孩子的到来会增加不少乐趣,打发大量时光。

但是她们当时考虑的最主要的一点,就是要把亲爱的爱德华的孩子贝茜从其他亲戚,特别是普特尼表亲那儿抢过来。普特尼表亲一家位于佛蒙特州的农场,他们已经寄信来,说很乐意收养这个小家伙。不过哈莉特姑婆不停地强调:"谁都可以,但普特尼一家是万万不行的。"普特尼表亲一家和姑婆之间并没有血缘关系，他们只是通过姻亲关系而成了亲戚。对于那一家人，姑婆始终没什么好印象。她认为他们固执、冷血、感情内敛，身上有一大堆新英格兰人的坏毛病。"有一年夏天，我住在他们那个农场附近，弗朗西丝，你那时候还是个婴儿。我永远也忘不了他们是怎么对待那些前来拜访他们的小孩子们的！呀，我不是说他们会虐待或是揍那些小孩子……孩子是多么的敏感啊，但他们却没有表现出丝毫的同情心，显得很是冷淡，这简直就是伤害那些幼小的心灵啊，我真是忘不了！那些小孩子们甚至还要帮忙做农场的杂活，简直成了童工！"这些话，姑婆曾经在弗朗西丝姑妈面前说过。

哈莉特姑婆并不是故意要在贝茜面前讲这些的，但是你也知道，小女孩的耳朵多灵啊。在很早之前，她还不到九岁的时候，贝茜就很清楚哈莉特姑婆是怎么看待普特尼表亲一家的。那时候，她还不太确定什么是"杂活"，但从姑婆的语音语调推测，她认定那肯定是非常非常可怕的一类东西。

哈莉特姑婆和弗朗西丝姑妈对贝茜好得可真是没话说，跟冷淡、严厉这样的字眼绝对沾不上边。姑婆母女可以说是全身心地投入到这个新的责任中，特别是弗朗西丝姑妈，她的准备工作可谓是细致入微。当小家伙一来到这个新家，弗朗西丝姑妈小说不看了，杂志也不再翻了，而是一本接一本地钻研育儿读物。她还加入了一个亲子俱乐部，每星期参加一次交流活动。不仅如此，她还报了一个有关育儿法的函授班，定期阅读从芝加哥总部寄来的课程读物。贝茜现在长到九岁，弗朗西丝姑妈似乎都成了育儿方面的专家了。因此,从弗朗西丝姑妈那儿,贝茜实在是获益良多。

她和弗朗西丝姑妈亲密无间。弗朗西丝姑妈参与到贝茜所做的每件事中,倾听她的每个想法。对于倾听小女孩想法的这件事,姑妈表现得很是在意。她觉得大多数小孩之所以苦恼,就在于他们的想法不被大人所理解,所以她决心要好好地了解贝茜的小脑瓜里到底在想些什么。因为弗朗西丝(内心深处)总是觉得,她的母亲未曾好好真正地了解过她,所以在贝茜身上,她立志做得更好一些。弗朗西丝姑妈深深地爱着这个小女孩,希望保护她,使她不受任何伤害,让她快乐、强壮、健康地成长起来,并把这看得比什么都重要。

可是贝茜既不太强壮也不是很健康,那她快乐不快乐呢?读完整个故事你可以自己判断一下。跟同龄的孩子相比,贝茜显得很瘦小,苍白的小脸上长着一双又黑又大的眼睛,常常流露出惊恐而忧伤的神情。这神情直达弗朗西丝姑妈最柔软的心底,心痛之余,她越来越想把贝茜捧在手心。

弗朗西丝姑妈本身并不是一个胆大的人,她害怕很多东西,便也知道如何对懦弱的人施以同情。一旦有令人害怕的事情发生,她总是立刻竭尽全力地安抚贝茜。当她们一起出去散步的时候(每天弗朗西丝姑妈都会带贝茜出去散步,她们从一个街区绕到另一个街区,尽管音乐课让姑妈相当的疲惫),姑妈的眼睛总是时刻保持警惕,生怕有什么东西会吓着贝茜。要是看到一条大狗一溜小跑过来,姑妈准会急促地说:"看啊,看啊,亲爱的!我保证那是一只可爱、温顺的小狗狗,它肯定不会咬小女孩的。老天保佑！贝茜，离它远一点！过来，亲爱的，要是它吓唬你，你就躲到姑妈这边来。"这时贝茜已经被吓坏了，姑妈见状，连忙说："我们最好还是拐个弯，往另一个方向走吧。"要是非常不幸，这条狗也朝她们的方向跟来，姑妈便如有神力上身，她把这个哆哆嗦嗦的小女孩拉到身后，用伞与这狗周旋，并用颤抖的声音呵斥道："快走开，先生！快走开。"

要是遇到了雷雨天，弗朗西丝姑妈会立刻放下手中忙的活儿，将贝茜紧紧抱在怀中直到雷声停止。贝茜一向睡眠不太好，要是她晚上被噩梦惊醒并尖叫时，姑妈会马上来到她的床边，每每如此，姑妈会在睡衣外面加一件厚厚的外衣，这样她就不用因为冷而急着赶回自己的卧室。在烛光的照射下，姑妈的脸显得疲倦而和蔼。她会用瘦削的手臂把贝茜搂住放在胸前。"亲爱的，跟姑妈说说你那个淘气的梦吧，"她喃喃道，"这样你就会忘了它！"

她在书里读到，通过分析孩童的梦可以了解到他们的内心世界。她担心，要是不催促着贝茜通过交谈释放梦里的事情，这个敏感又紧张的小东西会躺在床上睡不着，翻来覆去地老想着那个梦的。第二天，看到姑妈惨白的脸和厚重的黑眼圈，哈莉特姑婆不禁大惊失色，而姑妈则会用以上措辞加以解释。姑妈会耐心地听贝茜讲述那些可怕的梦：在梦里贝茜不是被张着血盆大口的大狗追赶，就是被印第安人割掉头皮，要不就是学校着火了，她从三层楼高的窗口跳下来，最后摔得血肉模糊。有一段时间，贝茜说得上了瘾，她不停地讲啊讲，最后还编造出梦里根本没有的可怕的事情。这也表明她是个想象力十分丰富的小孩子。第二天早上一起床，弗朗西丝姑妈就会立即记下所有的梦，不管是实实在在的梦还是编出来的梦。然后她会不停地翻阅一本厚厚的、满是深奥字眼的书，费尽心思地想要分析清楚贝茜到底是个什么样的小女孩儿。

但是有一个梦，连如此尽职尽责的弗朗西丝姑妈都不忍分析，因为这个梦太伤感了。贝茜梦见自己已经死了，平躺在一个白色的小棺材里，身上撒满白色的玫瑰花。听完后，弗朗西丝姑妈哭了，贝茜也哭了，这个梦实在是太令人悲伤。接下来就是长时间的安慰、啜泣以及拥抱，之后贝茜开始昏昏欲睡，姑妈便把她抱在臂弯里轻轻摇晃直到她睡着了，再把她小心地放在床上。然后姑妈会悄悄溜回自己的房间，争取在起床之前稍微眯上一小觉。

从周一到周五，每天早上九点一刻，弗朗西丝姑妈准会放下手中忙的活儿，把贝茜瘦瘦白白的小手紧紧攥在自己的手里，牵着她走过繁忙的街道，将她护送到学校那栋巨大的砖石教学楼里。那栋大楼一共有四层，所有的班级都在里面上课，一旦学生来齐，里面的人会有六百名之多。所以可以想象，上课铃响之前那个操场该有多吵啊！当姑妈牵着贝茜穿过这拥挤、嘈杂的孩子堆时，贝茜会整个地缩成一团，把姑妈的手攥得更紧了。噢，她是多么地庆幸当时姑妈就在自己的身边啊！虽然事实上根本没有人注意到这个又瘦又小的小女孩，甚至连她的同班同学都不知道她是否来了学校。弗朗西丝姑妈把贝茜从那个令人煎熬的操场安全地转移出来后，她们走上教学楼里又长又宽的楼梯，来到贝茜的教室，然后姑妈把贝茜稳妥地放在她的座位上。她上三年级，3A班，其实你明白，这也就是接近四年级学生水平的意思。

到中午的时候，弗朗西丝姑妈会来接贝茜，然后她们就一起走回家。她极有耐心，风雨无阻。到下午上课之前，上午的一切又会再度上演。在放学和上学的路上，贝茜会给姑妈讲学校发生的事情。弗朗西丝信奉的就是要对儿童的生活保持倾听和理解的态度，所以事无巨细，她都会逐一打听。贝茜要是做砸了心算题，她会和蔼地加以安慰；要是在单词拼写上赢了那个斯密特家的小姑娘，她就会十分高兴；要是听说老师对一些同学过分偏爱，她则会愤愤不平。有时在讲到自己表现非常不好或者是心情特别沮丧的时候，贝茜会显得非常激动以至于马上就要哭起来。弗朗西丝姑妈见状，温和的眼里顿时涌出泪来，她会说些安慰的话，尽管哭到抽搐她仍会轻轻地抚摸贝茜，想让可怜的贝茜好过一点。如果有一天她们俩都哭了的话，那么她们谁也吃不下多少午饭了。

每天下午放学后和每个周六，她们都会进行例行的散步，然后上各种各样的课程。钢琴课自然是少不了的，姑妈还买了一本很棒的书给贝茜上自然课，此外贝茜还要上绘画课和缝纫课。姑妈还会教贝茜一点法语，尽管她并不太确定自己的发音是否标准。你看，她想让贝茜充分地接受教育。她们俩可真是分不开了。贝茜有一次对几位前来拜访姑妈的女士们说，无论学校里发生了什么事，她首先想到的是姑妈会怎么看。

"为什么呢？"她们边问边朝弗朗西丝姑妈看去，这时的姑妈因为高兴而满脸通红。

"噢，姑妈很关心我的学校生活，而且她很理解我！"贝茜平时经常听到这句话，所以在这里她也照搬了一下。

弗朗西丝姑妈的眼里马上闪烁出幸福的泪花。她把贝茜叫到跟前，吻了吻她，并用瘦弱的手臂给了贝茜一个大大的拥抱。贝茜长得很快，一位来访的女士说她马上就要长得和姑妈一样高了，到时候恐怕她就不会是个温顺听话的小女孩儿了。姑妈说："从她还是个婴儿的时候，我就看着她长大，她基本上没离开过我的视线。她长大后还是会很信任我的。"接着她问贝茜："亲爱的，不管发生了什么，你都会跟姑妈讲的，对不对？"贝茜点了点头，她决心像姑妈要求的那样做，尽管现在她经常得编出点故事来告诉姑妈。

弗朗西丝姑妈继续和来访的那些女士们交谈着："我真希望她不是这么瘦小，她的脸色太苍白了，人也总是容易紧张。我觉得紧张的现代生活对孩子们很不好。我得确保她能呼吸到新鲜的空气，所以我们每天都出去散步，但是这附近我们走得太多了，也有点无聊。我也不知道怎样才可以让她多在室外活动活动。我想得让一位医生瞧瞧她，给开点药补补。"说完，她又急忙对着贝茜补充道："亲爱的，现在可别想着什么病不病的事儿啊，姑妈觉得你是没什么大毛病的。只要你按时吃医生开的药，很快就会好的。姑妈会好好照顾你这个小宝贝的，让病魔快快走。"在这之前，贝茜没觉得自己生病了，听了姑妈的话后，她的脑海里立刻浮现出那个画面：她躺在一个白色的小棺材里，身上撒满白色的……十几分钟后，弗朗西丝姑妈不得不起身谢客，因为她得一心一意地去照顾贝茜了。

理解贝茜
Understood Betsy

这样的事情重复了好几次，直到有一天，弗朗西丝姑妈真的把医生请来了。贝茜见过这个医生很多次，他和往常一样，步履轻快，手里提着那个散发着一股子皮革味的黑色小方包。他眼神犀利，一进这屋就带着明显的不耐烦。贝茜很怕见到他，打心底害怕他会诊断自己患有严重的肺结核，宣布自己将不久于人世。

这些话是她从格蕾丝那里听来的，也许是患有哮喘的缘故，格蕾丝说话时总会提到那些早夭或者是病情迅速恶化的人。

不知道你听过这样的事没有？贝茜刚开始站在医生面前的时候，哆哆嗦嗦，非常恐惧，生怕医生在她身上发现什么不治之症。当医生检查她的下眼睑是否异样、她的呼吸是否正常的时候，她的小心脏怦怦直跳。医生一检查完，便将她一把推开，说道："这孩子哪儿有病啊，她健康得像头牛！她需要的是……"听着医生的话，贝茜不怎么高兴反而有种受伤的感觉。医生本来想继续说下去的，但他瞟了弗朗西丝姑妈一眼，只见她瘦削的脸显得很焦虑，眉头因为担忧而皱成一团；他又瞧了瞧哈莉特姑婆，跟她的女儿一样，姑婆的脸也是瘦削的，眉头紧皱；这时他发现格蕾丝正从门缝往屋里看，消瘦的脸上也是一脸焦虑，正在急切地等待他的诊断结果。于是他长吸一口气，闭上了嘴，把他的小方包一合，不再继续往下说贝茜到底需要的是什么。

当然你也知道，弗朗西丝姑妈可不会让医生就这么走掉。当医生准备离开时，她跟在他的身边，不停地问着那些令她焦虑不安的事情，比方说："但是，医生，她这三个月来体重连一磅都没有长啊……而且她的睡眠……还有她的胃口……而且她精神紧张……"

医生带上帽子,用他对付这种场景的套话回应着:"多吃点牛排,多呼吸点新鲜空气,多睡点觉。她的身体状况马上就会好转的……"他的声音听起来非常的漫不经心。贝茜有些失望,她原以为医生会给她开一些药——那种半小时吃一次的神奇的红色小药丸。格蕾丝一旦心情不好了,她的医生就会给她开那种药。

就在这个时候发生了一件事,它改变了贝茜的一生。这其实是一件很小的事:哈莉特姑婆咳嗽了。和格蕾丝的喘息声相比,贝茜不觉得哈莉特姑婆的咳嗽声有多严重。只要天气一变冷,姑婆便会像这样咳上三四个月。不过一直以来没人觉得这是什么大问题,因为她们都全心全意地去照顾这个敏感、容易紧张的小姑娘了,她占据了她们过多的注意。

这时,哈莉特姑婆的几句咳嗽声从她掩着的手掌后传了过来。听到咳嗽声,医生急忙转过身来,眼神依然犀利,但全然没了刚进屋时的那种不耐烦。贝茜是头一次见他露出疑惑的神情。"怎么了?怎么了?"他一边说一边快步走到姑婆跟前,从那个小方包里抓出一个亮闪闪的东西。那个东西的两头分别连着一个橡胶管。他把两个橡胶管的尾端插进自己的耳朵里,然后再把那个亮闪闪的东西贴在哈莉特姑婆的胸前。姑婆这时解释着说:"没什么事,医生,今年一入冬,这烦人的咳嗽就来了。有件事我正准备跟您说来着,但忘了……我肺上面有个地方很痛,现在依然不见好转。"

医生的态度不是很好,他用动作示意姑婆不要再说话了,并

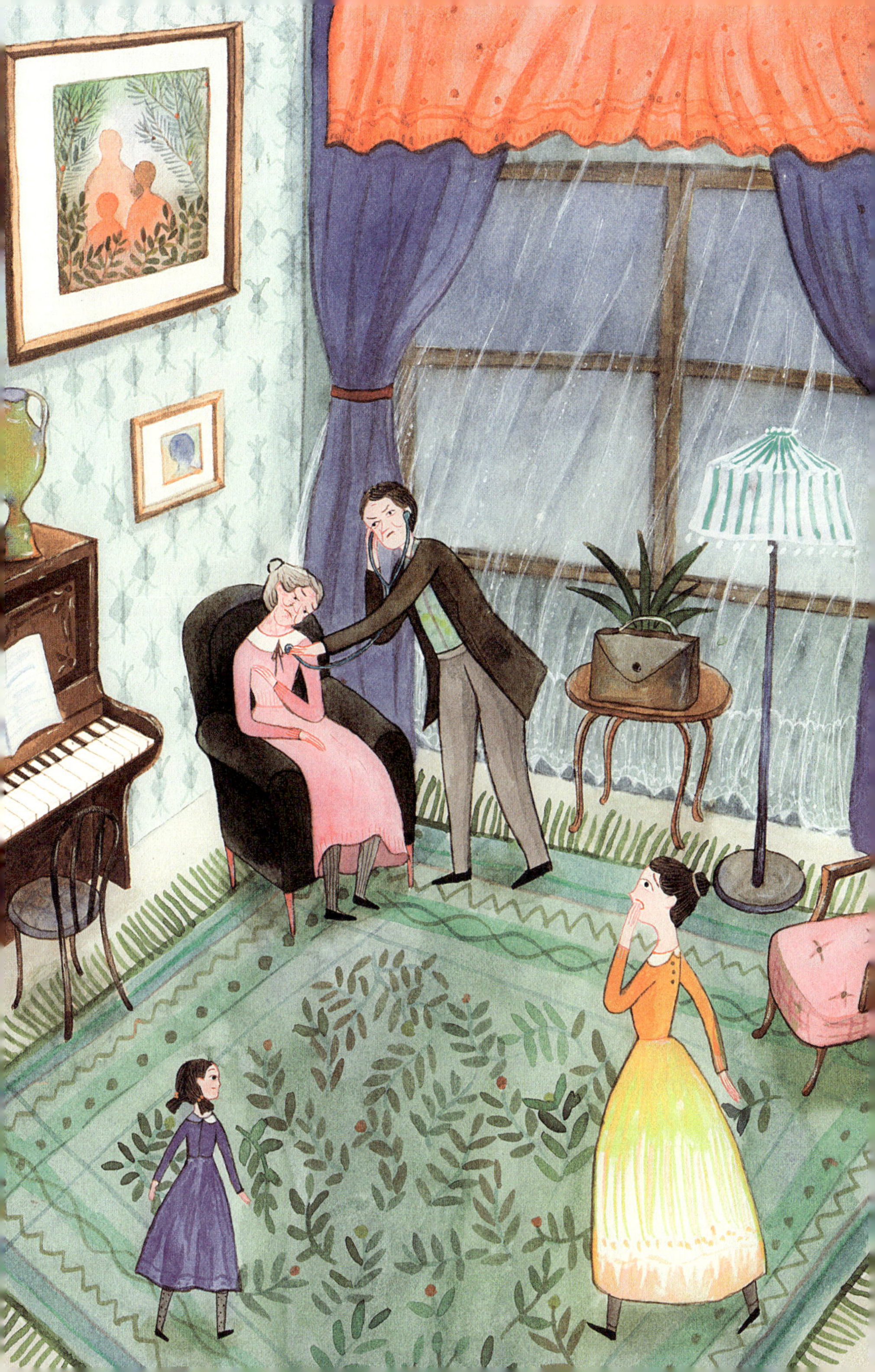

理 解 贝 茜
Understood Betsy

很认真地用那两个小橡胶管仔细地听着。然后，他转过身来，好像很生气似的看着弗朗西丝姑妈，说道："把这个小孩带出去，然后你自己进来。"

以上就是贝茜所能记得的、改变她原有生活的那件大事。她的生活不再跟以前一样了，她从记事起就习惯的、所有人围着她转的生活已经结束了。

故事到现在，你也看够了贝茜哭的样子，所以我也不去赘述她接下来几天的生活了。这几日全家人反复讨论医生对姑婆的诊疗建议——那就是哈莉特姑婆的病情很严重，需要马上到气候温和的地方进行疗养，最后全家人匆匆忙忙地决定按照医生的建议进行治疗。弗朗西丝姑妈自然必须得同去，但是贝茜就不能一起去了，因为姑妈得全身心地照顾姑婆。而且医生也觉得，如果哈莉特姑婆和贝茜同处一室的话，对双方都不是很好。

格蕾丝当然也不能同去。不过令大家吃惊的是，格蕾丝说她并不介意，因为她有个独身的兄弟。她兄弟开了一家杂货店，多年之前就希望她能够搬过去帮忙看店。她说她之前之所以住在这里是出于一种责任感，因为她知道哈莉特姑婆离不开她。到这儿你也算是看明白了，原来非常非常"有责任感"的人都是这么待人接物的呀。

其实格蕾丝并没有一个开杂货店的兄弟，倒是有一大家子其他亲戚。不过现在已经定下来，在弗朗西丝姑妈把她接回去之前，格蕾丝得住在某个亲戚家里。至于贝茜，就在刚才家里一片混乱的情况下，姑妈她们决定让她搬到同城的莱斯罗普表亲家里，尽

理 解 贝 茜
Understood Betsy

管莱斯罗普一家明摆着是不太乐意收留她的。

送哈莉特姑婆去疗养这件事情事不宜迟。眼下，弗朗西丝姑妈正匆忙地收拾行李，搬运工人也进进出出，他们正把家具搬到其他地方保管。弗朗西丝姑妈现在担心的只有她母亲的身体状况，她把对贝茜的那份细致入微的爱全部转移到母亲身上，而且她已经分不出心来照顾贝茜了。"你就暂时照顾一下她，莫丽！"她对莫丽·莱斯罗普表亲说，"我很快就会安排妥当的，到时候就写信给你，我另有其它的安排，只是现在……"

她的声音一直在颤抖，感觉马上就要哭出来了似的。莫丽很讨厌伤感的场景，见状，忙说："当然，当然，现在就这样吧。"说完后马上走开了。莫丽想，怎么自己老是摊上这么不好对付的事情呢。在家里，她要照顾自己那个又老又专制的婆婆，这还不够，现在又添了这个神经质、娇滴滴的被宠坏了的小女孩——贝茜！

贝茜当然想不到莫丽姨妈现在脑子里想的是这些，但是她看出莫丽姨妈态度有点冷淡，不太乐意把她领回家去。在这之前，贝茜就已经觉得自己够可怜了，因为弗朗西丝姑妈好像一夜间变了一个人似的，以前是一门心思地照顾贝茜，现在则是把整个身心都放在哈莉特姑婆身上了。你知道吗，我很同情贝茜，从这个故事一开始我就同情她。

这样，既然我已经答应你们再也不去写贝茜哭的样子，那么我自然也不会详细描述姑婆母女俩坐火车离开的场景，因为除了眼泪还是眼泪。但是，弗朗西丝姑妈眼睛里闪过的一丝漫不经心的神情却深深地伤害了这个小姑娘。

之后，莫丽姨妈就把这个不停抽泣的小姑娘领回了家。如果你以为从现在起就要听到关于莫丽姨妈一家的事情，那你就大错特错了，因为这个时候，莫丽的婆婆莱斯罗普夫人让整个故事的走向发生了改变。莱斯罗普夫人和贝茜之间并没有血缘关系，自然对她的事不太热心。虽说贝茜接下来的生活全因莱斯罗普夫人而改变，但她却只看见过老太太从二楼窗户里伸出来的那颗脑袋。当然，对于这个老太太你也不需要了解过多。现在这颗脑袋表现出非常生气的举动，它上下左右剧烈地摇晃着。老太太苍老的命令声从这颗脑袋里传出，她喝住莫丽姨妈和贝茜，让她们停在前门别进来。

"医生说布丽姬特得的是猩红热，她连累我们都得被隔离。现在你把这个小孩带进家来简直是没道理呀，难不成你想让她传染上这病，到时候还得去给她治病？一旦这样，咱们被隔离的时间会变得更长啊！"

"但是，妈！"莫丽姨妈叫道，"我不可能把这个小孩丢在大街上不管呀！"

莫丽姨妈的这句话让贝茜很不开心，因为她觉得大家都不想要她了。你想想，贝茜以前可是全家人的中心，现在却没人要她，她心里该多难受呀。

"你真没必要把她领回来！"老太太从二楼的窗户里喊道。虽然她没大声地加上一句"你这个傻子"，但可以感觉到她心里就是这么想的。"你真没必要这么做，你可以把她送到普特尼表亲家去，一开始就应该这么做的。一听说哈莉特病得很厉害，她们就想把她接过去。她们接走她是理所当然的,阿比盖尔是她妈妈的亲姨妈,安自然也就是她的小姨。她们在血缘关系上和哈莉特、弗朗西丝一样,都比你要亲得多!况且她们还有个农场,她就应该去那里!"

"但是,妈妈!"她反击道,"我用什么法子把她送过去呢?我总不可能让一个九岁的小孩子坐一千英里的火车自己过去吧,又没个大人陪……"

老太太随即看了莫丽姨妈几眼,那眼神好像在说"你这个傻子"!接着她大声说道:"有詹姆斯呀,反正他过几天就会去纽约出差。他可以把她带着,让她在奥尔巴尼坐上那趟去希尔斯伯勒的火车。我们可以给普特尼表亲家发封电报,让她们到时候去希尔斯伯勒接她。"

接下来的事情大致也就是这样了。现在,你大概已经猜到,莱斯罗普夫人一旦发号施令,人人都得照办。至于说谁是那个得了猩红热的布丽姬特,我也没弄明白。从名字看,这个布丽姬特可能是个厨子,不过也有可能,这个布丽姬特就是老太太临时编出来的,根本没这号人。我认为这老太太可是精于此道呀,你说呢?

不管怎么说,事情再也不会发生其它变化了,贝茜和詹姆斯姨夫的皮包都已经整理好,他们马上就要一起上路了。贝茜很怕莱斯罗普夫人,这点跟詹姆斯姨夫很像,尽管年过中年、体型健硕,詹姆斯姨夫仍然很怕自己的母亲。但詹姆斯姨夫和贝茜的心情是不同的,因为这次他可是要去纽约呀,他在旅途中一定会时不时地想象在纽约的欢乐时光,还有他那即将顺利进行的生意洽谈。可怜的贝茜就没这么走运了,她可是要被直接送去一个没有好日子过的地方,哈莉特姑婆不知道说过多少次这样的话。可怜的贝茜!

第二章

贝茜拉住了缰绳

你也许可以想象,当火车一路驶向佛蒙特州以及那个可怕的普特尼农场时,贝茜心中涌动的那种极度的恐惧感。一切发生得也太快了——皮包收拾好,电报发出,登上火车——她甚至还没来得及表明自己的观点,说自己不愿意去那里,就已经坐在火车上了!所以,她有一种失落的感觉,也许即使她说了,也没有人会理会她。现在弗朗西丝姑妈不在她身边,对她来说,好像是世界末日到了!没了弗朗西丝姑妈,她觉得连空气都变稀薄了,整个儿呼吸不通畅!更让人郁闷的是,现在她是一个人去普特尼农场,连个送她的大人都没有!

当目的地一点点逼近的时候,贝茜在座位上缩成一团,感觉越来越害怕。她忧心忡忡地看着窗外严冬的景象,越看越觉得那景象非常可怕:现在到了一月份了,广阔的土地上寸草不生,到处都是光秃秃的树，山上的雪都融了，小河床的水势也跟着上涨，水流湍急。她不止一次地听大人们说过，她的身体受不了寒冷的天气，想到这里，她打了个寒颤。眼下这火车慢悠悠地行驶着，在贝茜看来，她要去的那个荒凉的地方估计是世界上最冷的地儿了。

火车头这会儿正噗嗤噗嗤地喷着烟艰难地行进着，贝茜的胸脯也跟着一起一伏地振动着：这火车走得可是越来越慢了。当火车沿着一个陡峭的斜坡往上爬的时候，贝茜觉着火车的底部好像也要被掀起来了。"这个坡可真是太陡了，你说呢？"有个乘客跟列车员攀谈着。

"确实是呀！"列车员说，"不过，一会儿我们就要到站了，下一站是希尔斯伯勒，就在山尖上，过了那一站，火车就要下行前往拉特兰了。"接着，他转向贝茜说道："小姑娘，你姨爹说你要在希尔斯伯勒下车，是吧？那你最好提前做好准备，把东西收拾一下。"

可怜的贝茜！现在的她，两腿哆嗦得厉害，膝盖都撞在一起了，她很害怕下车看到那些陌生的脸。火车很快到站了，一位列车员前来帮助贝茜下车，他一手牵着这个脸色煞白、哆哆嗦嗦的小姑娘，一手拿着她的小背包。只见小型的木制站台上，一个陌生的老人孤零零地站着。那个老人表情严肃，头戴一顶皮帽，身上的大衣很厚重，站在一辆马车旁。他，就是贝茜的姨爹亨利。

"就是这个小女孩，普特尼先生。"列车员边说边按了按自己的帽子，随后便返回了车厢。随着一声尖锐的汽笛声，火车在

理解贝茜
Understood Betsy

附近的一个岔路口消失了，回声在周围的山谷中荡漾着。

这里就只剩下贝茜和令她非常害怕的姨爹亨利了。姨爹朝她点点头："家里的那些女人们生怕你坐车会着凉。"说着他从马车里拿出一件又大又暖和的斗篷，披在她的肩上。然后，姨爹把贝茜抱起来放在座位上，把她的小皮包扔进马车里，就骑上马吆喝着上路了。贝茜以前总觉得坐火车旅行有一个必不可少的组成部分，那就是下车后会被送上好多个关爱的吻，会被问上好多遍"你是怎么忍受这旅行的"，但是现在，什么都没有。

她安安静静地坐在高高的、木制的座位上，悬空的两脚荡来荡去，感到十分的凄凉和不受重视，觉得自己好像置身于曾经做过的那些最可怕的噩梦里。唉，为什么弗朗西丝姑妈现在不在身边呀？现在这场景简直就跟自己做的噩梦一模一样，真是太可怕了！她肯定会摔下马车，被卷进车轮里，然后被轧成……她抬起头看着亨利姨爹，紧张、迷茫的眼睛里充满了恐惧。要是在以前，这眼神准会让姑妈赶紧跑过来倾听她的诉说，并安慰她。

亨利姨爹低着头冷静地看着她，他那张饱经沧桑、坚毅的脸丝毫不为之所动。"来，你来驾驾马，就一小段路，怎么样？"话音一落，他就把缰绳塞进她手里，然后戴上眼镜，掏出一根短小的铅笔和一小片纸，在上面写写画画起来。"我有些账得算算。你拉左边这根绳子可以控制马往左边走，右边的绳子就是控制右行的，我想我们应该不会遇上其他的车。"

贝茜当时吓得快要尖叫出来，尽管她对那两根缰绳立刻产生了浓厚的兴趣，但她还是忍不住轻轻地怪叫了一声。以前和弗朗

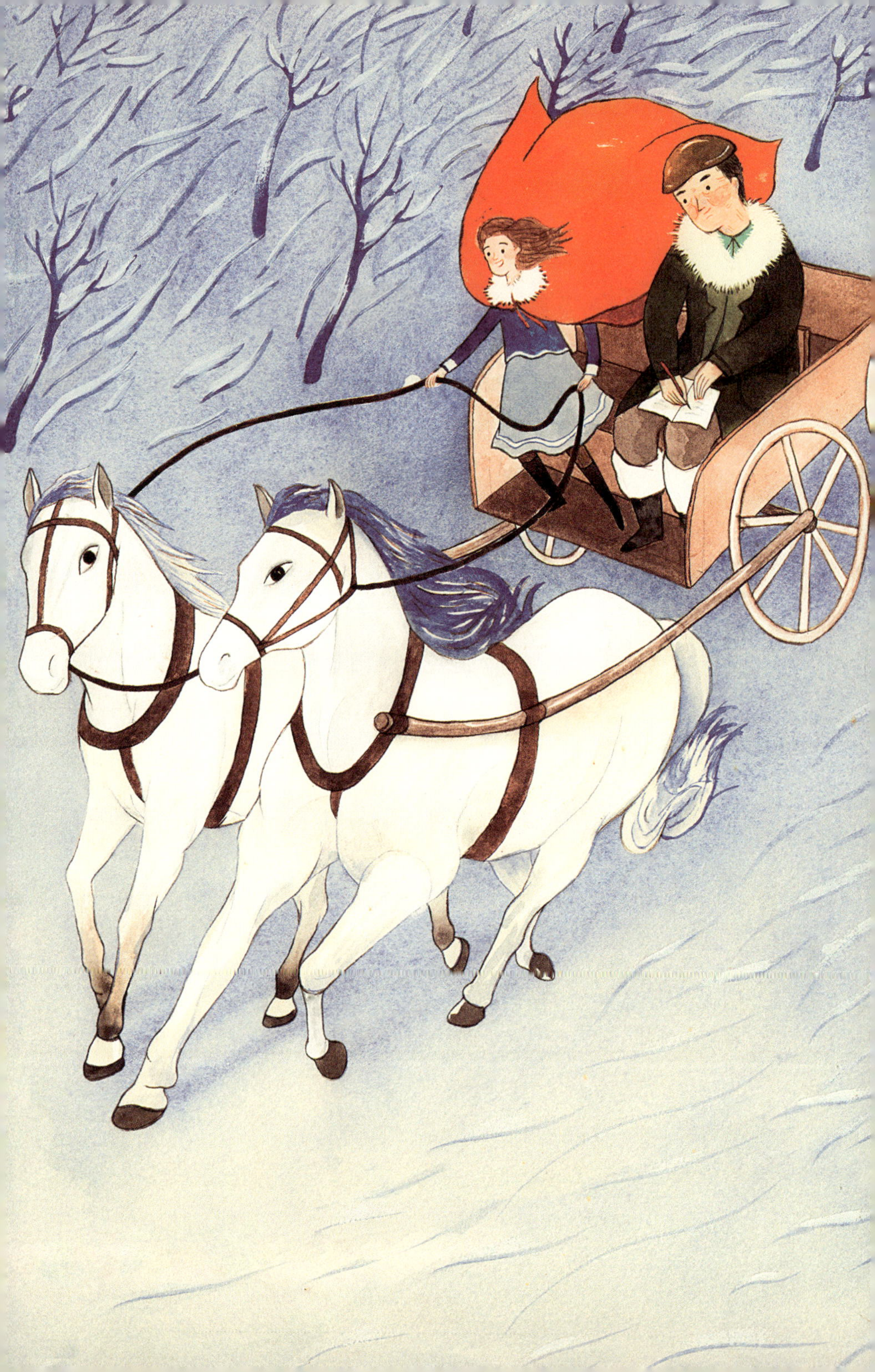

西丝姑妈的那些交谈，已经把贝茜训练得非常善于解释自己的情绪，所以她已经想好该怎么解释了。她会跟亨利姨爹说她刚才吓死了，已经快要尖叫出来，好不容易克制了一下，可还是叫了一声。但是亨利姨爹好像根本没听到她的那声怪叫，也有可能他听到了，没把那当回事，因为他……噢，马儿奔到路的另一边去了！她在匆忙中判断出哪边是自己的右手（她以前可没被逼着这么快作出判断），然后猛地拽了拽缰绳。马儿稍稍抬了抬低着的头，它们又奇迹般地回到了路的中央。

贝茜深吸了一口气，满是解脱和自豪，她看着亨利姨爹，等着他的夸奖。但是他只忙着算账，好像第二天要上算术课似的，根本没留意……噢，马儿又奔到路的左边去了！这回贝茜一阵忙乱，她已经搞不清楚哪只是左手哪只是右手了，她使劲地拉了拉左手的那根缰绳！马儿听话地偏离正路，走到路旁的一个小浅沟里，马车也跟着颠簸起来……救命呀！为什么亨利姨爹不帮忙呀！亨利姨爹依旧颇为专注地在信封背面算着数。

贝茜满头大汗，她拉了拉另一根缰绳，马儿便转过身来朝着小斜坡往上走，车轮发出刺耳的摩擦声，她觉得马车肯定是要翻了！但是，最后他们又安然无恙地回到了路上，亨利姨爹居然还在纸上列了一组新数字。这个小姑娘想，要是他知道刚才是多么的危险以及他是怎么被救的……不过这回贝茜可算是记得哪只是左手哪只是右手，再也不会犯同样可怕的错误了。

突然间，她的脑袋里嗡了一下，就像是一道闪电划过，她压根就不用搞清楚左右手嘛。她想要马往哪边走，拉拉哪边的绳子

理 解 贝 茜
Understood Betsy

不就可以了嘛——马儿也不晓得左边缰绳跟右边缰绳的区别呀！

她脑袋里那嗡的一下，可能是大脑突然苏醒了。虽然她已经九岁，在学校里上的是 3A 班，但这是她第一次完全拥有自己的思想。以前在家里，弗朗西丝姑妈对贝茜所做的每件事都了如指掌，还没等贝茜觉出很多事情的难点所在，姑妈就开始帮忙解决掉那些困难。在学校里也是如此，老师们的脑子被训练得一定要比小学生转得快。所以总有人会不知疲倦地给贝茜解释很多东西，以至于她从来没有自己想明白过一件事。这是个很小的发现，但对贝茜来说还是头一次。她很兴奋，简直像是第一次孵出了小鸟的鸟妈妈一样。

她忘记了自己有多么地害怕亨利姨爹，一股脑儿地把自己的新发现讲给他听。"搞清楚左边跟右边根本就不是问题的关键！"她以胜利者的姿态结束自己的这番话，"关键是你自己到底想走哪边！"当她说话的时候，亨利姨爹依然很专注地看着，视线时不时地从眼镜上方瞟向她。当她一说完，他便承认道："嗯，是的，确实如此。"然后继续去做他的算术题。

这个评论也太简短了，比贝茜以前听过的那些都要短。弗朗西丝姑妈和之前的那些老师们总是会长篇大论地解释问题。但这个简短的评论却很有分量，让人心满意足。她说的话得到别人的认可，这在小姑娘自己看来意义非凡。她转过身去继续赶马。

当她和亨利姨爹交谈的时候，这些笨重又缓慢的犁田用的马停了下来。它们站着一动也不动，好像它们的脚就长在地里似的。贝茜抬头看着姨爹，等待他下指示，但是他仍然专注在那些数字里。她一向被教导说不要去打扰别人,所以她安静地坐着,等着姨爹告诉她该去做些什么。

虽然现在正值融雪期,但天依然相当的冷,刺骨的寒风狠命地吹着贝茜的后脖颈。冬天天黑得早,这时已到黄昏,她觉得有些空虚无聊。过了好久,贝茜等得不耐烦了,于是回想着隔壁杂货店的小哥是怎么让马跑起来的。她不安地瞥了瞥仍然专注于算账的亨利姨爹,然后鼓起勇气上下抖动着手中的缰绳,极力地模仿杂货店小哥的吆喝声。这时候马儿们扬了扬头,身子向前倾斜,然后开始抬脚……它们动起来了!贝茜开心得小脸涨得通红。要是这时候贝茜发动了一辆红色大轿车,她估计得更得意了。这可是贝茜完全依靠自己的力量完成的第一件事,每个步骤,每个环节!全都是她自己想出来,自己完成的,而且最后还成功了!

接下来她好像驾了好长好长时间的马,她很认真,自然也就心无旁骛。她引着马儿绕过路上的石子,吆喝着它们走过那些因融雪而冻住的小泥潭,并让它们尽量走在路的正中央。当亨利姨爹把纸和笔放到一边,从她手里接过缰绳把马车驾到一个院子里时,她大吃一惊。院子的一边是个又小又矮的白色房子,另一边则是一个红色大谷仓。姨爹一个字都没说,不过贝茜心想这就是普特尼农场了。

这时候,两个穿着条纹棉布裙,系着白色围裙的女人从房子里走了出来。其中一位年纪很长,另一位则比较年轻,她们就跟哈莉特姑婆和弗朗西丝姑妈的组合一样。但是她们看上去却跟哈莉特姑婆母女俩大不相同。满头棕发的这位个子很高,看上去很能干；满头银发的这位则面色红润，身材肥胖。看到了坐在马车上的这个瘦瘦小小、面色苍白的小女孩，棕色头发的那位说道："爸爸，你接到她了呀。"说着她走到马车前，把贝茜抱了下来："快进来，贝茜，准备吃晚饭了。"她说话的语气好像贝茜原来一直住在这儿似的，只是刚刚从城里回来。

贝茜就是这样来到了普特尼农场。

棕色头发的女人抱着贝茜，快步就走到屋门口将她放下来。"妈妈，你把她带进去，"她说，"我去帮爸爸卸一下马鞍。"

这个面色红润、满头银发的胖女人把贝茜瘦小、冰凉的手放在自己的手心里，这双软绵绵的手，厚实、温暖。她边将贝茜领到开着门的厨房里边说："我是你的姨婆阿比盖尔，刚才那个是你的安姨妈，那个把你从镇上接回来的是你的姨爹亨利。"她把门关上继续说，"我不知道你姑婆哈莉特有没有跟你提起过我们，所以……"

听到这儿，以前哈莉特姑婆绘声绘色的描述整个儿浮现在贝茜的脑海里。贝茜匆忙地打断她："噢，当然，噢，当然！"她说，"她经常提起你们，说得可多了呀，她……"她突然不做声，嘴巴紧闭着。

看着贝茜的表情，阿比盖尔姨婆大约已经猜出哈莉特姑婆以前说过些什么了，她略微皱了皱眉，严肃地说道："哦，那就好，那你已经很了解我们了。"说完转身走到火炉前，从灶上端下来一锅热腾腾的烤豆子，豆子看上去烤得又黑又脆（贝茜很讨厌豆子）。然后阿比盖尔姨婆告诉贝茜："你可以把外套脱掉，挂在门后面那个最低的衣钩上,那个以后就是你的了。"

小姑娘笨拙地去解斗篷和大衣上的纽扣,那样子看上去可怜兮兮的。以前在家里,都是弗朗西丝姑妈或是格蕾丝帮她脱掉外套,并将它们收到一边的。所以当她好不容易脱下外套,挂好衣服后,感觉委屈得不得了。这时阿比盖尔姨婆说:"现在你一定冻坏了吧!拉把椅子坐到炉边来。"她则在厨房里来来回回地忙碌着,很快晚饭就摆在了桌子上。阿比盖尔姨婆算是贝茜见过的长得最胖的人了,她走动的时候,地板也好像跟着震动起来。在和哈莉特姑婆母女还有格蕾丝一起生活这么长时间后,贝茜现在简直不相信自己的眼睛,她盯着阿比盖尔姨婆看了又看。

阿比盖尔姨婆好像并没有注意到这些,她现在似乎完全忘记了家里来了个客人。贝茜坐在木头椅子上,两脚悬空(以前大人经常教育她,把脚放在椅子横档上不礼貌),用她思家的眼睛悲伤地环顾着整个厨房。这间房子很难看,天花板低矮,只用一些简陋的煤油灯来照明。显然,家里面没有女佣人,他们得跟那些穷人一样,坐在厨房里吃饭。没人会跟她说话,也没人会注意她,更没人会问她怎样"忍受这旅行的"。现在她就在这里了,跟弗朗西丝姑妈隔着十万八千里,再也没人那么照顾她了。她感到喉咙里一阵哽咽,往往一想到自己很惨,贝茜就能够挤出泪来,这不,现在眼泪就在眼眶里打转了。

阿比盖尔姨婆根本没有在看贝茜,现在她突然在忙碌中停了下来,把盛着黄油的托盘放在桌子上,说道:"看那边!"好像是记起了什么。她俯下身来(你会很惊讶地发现原来她的身板这么灵活），从炉子下面抓了一只小猫出来。那只小猫咪还没长大，懒洋洋地直打哈欠，它伸了伸懒腰，又眨了眨眼睛。"给你，贝茜！"阿比盖尔姨婆边说边把那个黄白相间的小毛球放在小姑娘的腿上，接着说，"这是老惠特尼家新生的小猫，去年夏天没有被送走，现在一直缠着我。我要做的事太多了，但我一听说你要过来，我就觉得你可以代我照顾它。要是你不怕麻烦愿意照顾它的话，那这只小猫咪就是你的了。"

贝茜把她的小脸凑在这个看上去既暖和又温顺的小毛团前，一时半会儿竟说不出话来。她一直都想养一只小猫，但是弗朗西丝姑妈、哈莉特姑婆和格蕾丝她们都觉得猫会带来白喉、扁桃体炎以及其他致命的疾病，这对身体虚弱的小女孩来说很不好。和这个小毛团如此亲近，贝茜一动也不敢动，她担心那个小东西会从她身上跳下去跑走。她小心翼翼地低下头去，海军衫上的领带不由自主地垂了下来，这时，还在打哈欠的小猫用它那软软的小爪子敏捷地挠了挠领带。不过睡意正浓的它，还没精神打闹，只是转过头来，用它那粗糙的小舌头舔了舔贝茜的手。你可以想象，贝茜当时该是多么的惊喜呀！她伸着手，一动不动，直到小猫咪不再舔她的手。紧接着，小猫咪突然开始用爪子洗起自己的脸来。贝茜用双手笨拙地把小猫抱起来，把头埋进那软软的毛团里。这时小猫又打了个哈欠，一阵新鲜的奶香味从它那粉红色的小嘴里溢了出来。"呀！"闻到这奶香味，贝茜情不自禁地叫起来，"呀，你这个小可爱！"小猫睁着一双疑惑的大眼睛看着她。

贝茜抬头看着姨婆，问道："请问它叫什么名字呀？"但是老太太现在只顾着翻烤架上的馅饼,没有听到她在说什么。在火车上时,贝茜就暗自决定不会再用和亲爱的弗朗西丝姑妈一样的称谓来称呼这堆讨厌的亲戚。[①]但是现在她全忘了,又问了一遍,"噢,阿比盖尔姨婆,它叫什么名字呀?"

阿比盖尔姨婆一脸茫然地看着她,"名字?"她问道,"谁的……哦,这只小猫的?我说,孩子,六十年前,我就不再绞尽脑汁地给小猫取名字了。你可以自己给它取名字。它是你的了。"

贝茜心里早就有一个名字了,要是她有一只小猫,就会用这个名字叫它,这就是埃莉诺——她心中最美丽的名字。

阿比盖尔姨婆把一个大水罐推向她:"小猫的碟子就在水槽下面。你想不想给它喂点奶呀?"

"好的。"说着,贝茜从椅子上跳下来,倒了一点奶在碟子里,唤道:"过来呀,埃莉诺!过来呀,埃莉诺!"

阿比盖尔姨婆用眼角的余光仔细地观察了一会儿,嘴角好像掠过了一丝笑意,但很快她的脸就恢复到惯常的严肃,这时她把最后一盘馅饼端到桌上来。

贝茜久久地蹲坐在地上,注视着小猫吮吸牛奶的样子。当她起身时,惊奇地发现安姨妈和亨利姨爹已经进来了,两个人的脸颊被寒风冻得通红。

"大伙儿,你们瞧,"阿比盖尔姨婆说,"我和贝茜忙里忙外地,把饭菜都准备好了。"

[①]英语中用 aunt 一词来指姨妈、姑妈,甚至是更长一辈的姑婆、姨婆,具体对照汉语,需要根据实际情况进行区分。

贝茜瞪大了眼,姨婆说这话是什么意思呀?她压根就没帮忙呀!但是也没人说什么,大家都挪开椅子,坐下来开始吃饭。贝茜可真是饿晕了,她觉得自己可以吃下好多的奶油土豆、冷火腿还有馅饼,还可以喝下好多热可可。没人硬逼着贝茜吃烤豆子,她顿时觉得一身轻松。以前,弗朗西丝姑妈老是想着法子让她吃豆子,说里面富含蛋白质,对正在长个子的小孩非常好。这话,贝茜都不知道听多少遍了,简直可以倒背如流。但越是这样,她就越讨厌吃豆子了。不过,这里的人好像都不知道这些,贝茜也装作不知道,也没告诉他们。而且他们也显然不知道她的消化系统有多么的脆弱,因为他们让她吃了好多馅饼。对贝茜来说,这简直是梦寐以求呀!她以前从来没想过可以这么放开肚子地吃东西!

他们依然没有问她是怎么"忍受这旅行的"。实际上,他们没问她任何事情也没有过分关注她,只是她盘子一空,他们就一个劲儿地往盘里添东西。当饭吃到一半的时候,埃莉诺跳到贝茜身上,盘成了一团,很快它就发出了呼噜声。于是贝茜一手托着这个小毛球,另一只手举着叉子吃饭。

贝茜一点儿都不记得吃完饭后发生了什么,直到她被人扶起来,抱到楼上。是安姨妈,她轻轻地抱着贝茜,好像她是个婴儿。她们进了一间天花板倾斜的卧室,姨妈把贝茜放在地板上坐下,然后说道:"你刚才趴在桌子上睡着了,我猜你可能是太累了。"

阿比盖尔姨婆现在坐在一张四柱大床上,这床又大又宽,顶上还有一层幔帐。她这时已经换好睡衣,正在梳着松开的头发。

理解贝茜
Understood Betsy

她的头发很卷曲也很蓬松,在她那布满浅浅皱纹的粉红色胖脸上炸开。一会儿后,她又重新把头发绑起来,戴上一顶有点紧的白色睡帽,将它的带子系在下巴上。

"我们是不久前才得到消息说你要过来,"安姨妈说,"所以我们还没来得及给你将要住的房间供上暖。你就先在妈妈住的这个房间睡一段时间。这张床很大,完全可以睡两个人,即便是你和妈妈这个体型的人。"

贝茜又瞪大了眼,这儿的人说话也太奇怪了吧,居然拿阿比盖尔姨婆的体型去和她的比!

"妈,你把谢普放出去了吗?"安姨妈问道。阿比盖尔姨婆回答道:"没呀!我忘记了!"于是姨妈出去了,什么也没多说。普特尼农场的人可真是惜字如金呀。

贝茜开始脱衣服。半睡半醒中,她觉得自己变得好小。这感觉可不怎么好,她真想把手臂挡在眼睛上就这样睡过去!她太可怜了!她从来没有和别人一起睡觉的习惯,大人和小孩一起睡不好,这话,她也听人说了很多遍。这时一阵寒风吹来,窗子咯咯作响,风还从松垮垮的老窗框里透钻进来,窗台上有一小摊雪。贝茜身子发抖,两条小细腿直打颤,她迅速地脱掉了衣服,赶忙钻到她的睡衣里去。她身上冷,心里也好不到哪儿去,在这个陌生、简陋的小房间里和这个陌生、古怪的胖老太太在一起,还有比这更痛苦的事儿吗?她难过到欲哭无泪,对贝茜来说哭不出来可是很严重的事儿!

她先在床上躺下了,因为阿比盖尔姨婆说她想再点会儿蜡烛看看书。"反正,"她说,"我睡在床外侧,免得你从床上滚了下去。"

贝茜和阿比盖尔姨婆在床上静静地躺了很长时间,姨婆正读着一本小小的破旧的老书。贝茜看那书的名字叫做《爱默生散文集》。哈莉特姑婆家也有这本书,它一直摆放在家里正中央的那张桌子上,不同的是,它是全新的,封皮发亮,贝茜从来没见过有人读它。这本书看着就很枯燥无味,里面既没有图片也没有对话。小女孩平躺着,看着水泥天花板上的裂缝,注视着随风摇曳的烛光中的影子。她开始感觉到一阵温馨的暖意朝她蔓延开来。阿比盖尔姨婆巨大的身体就像一个火炉一样。

这会儿房间里可安静了,比贝茜所知道的任何地方都要安静,当然除了教堂之外。因为以前住在哈莉特姑婆家时,屋外就有一条电车线路,即便到了晚上,多少还是会有车子驶过的叮叮声。而在这里没有其它声音,只听到阿比盖尔姨婆专注地看书时那轻轻的翻书声。贝茜把头转过来看看那张圆圆的、爬满浅浅皱纹的、红润的脸,和那双专注看书的安静的眼睛。当她躺在这张温暖的床上注视着这安详的脸时,贝茜心中开始有了一种奇特的感觉。她觉得心中一个很紧的结正慢慢地松开。她感觉到了什么呢?她无法用语言来描述,只是心底最深处好似有一些玫瑰色的东西止悄然升起……她长吸了一口气,略带点呜咽。

阿比盖尔姨婆把书放在一边,低头看着这个小家伙。"你知道吗,"她用一种对谈式的语气说着,"你知道吗,我觉得家里重新有个小姑娘实在是太好了。"

噢,这个没人要的小女孩心中的结彻底地解开了!那就是一

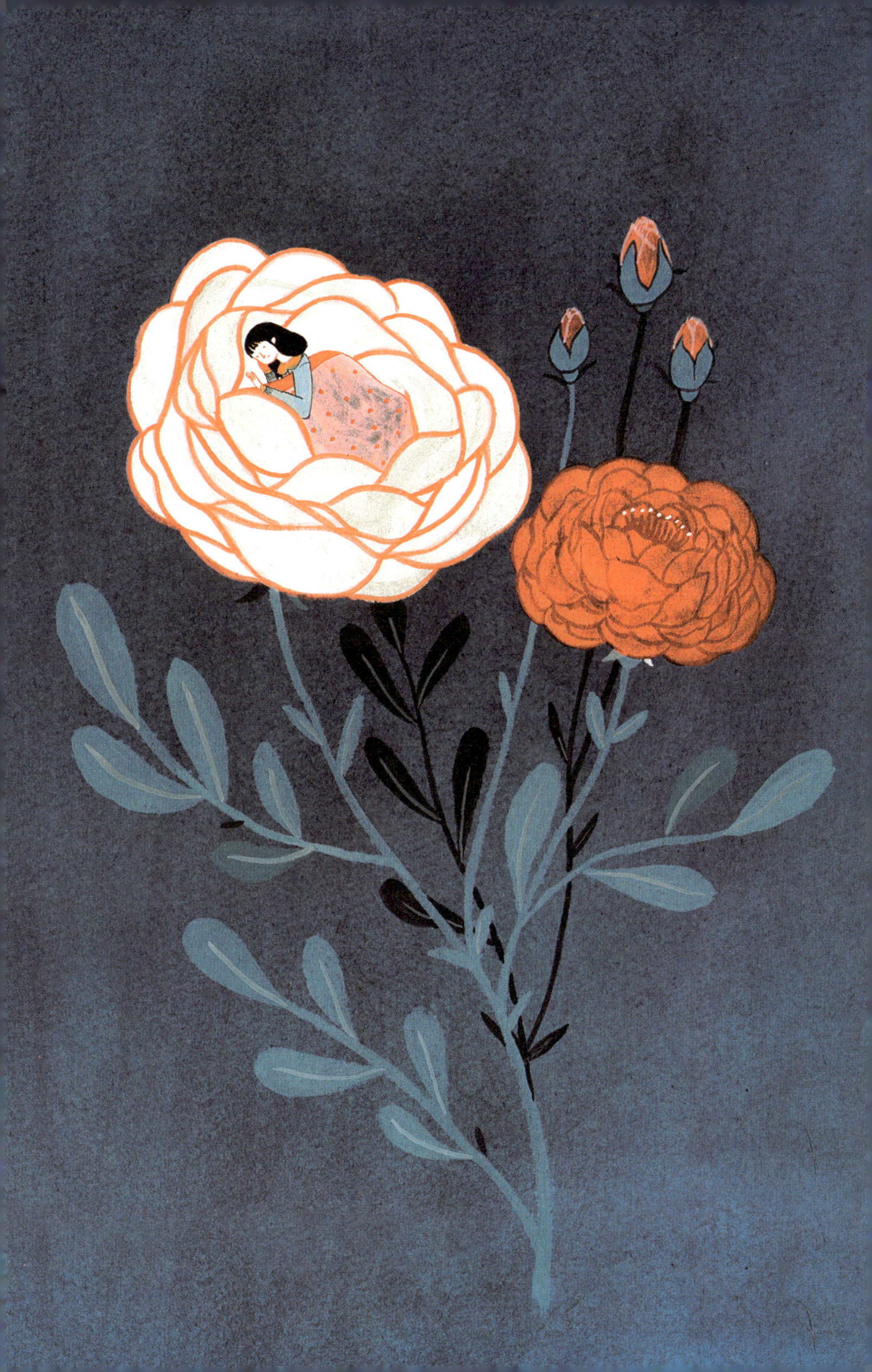

瞬间的事！随后她突然大哭起来——是的，我知道我说过不会再去描述贝茜哭的样子，但是这次的泪水跟以往的都不一样，而且这次是她最后一次掉泪，她好长好长时间都不会再哭了。

阿比盖尔姨婆说道："好了，好了！"然后挪了挪身子，把这个哭泣着的小姑娘搂进怀里。她没说什么，只是把她那柔软、苍老的脸颊贴在贝茜的脸上，直到小姑娘的哭声越来越弱。然后她又说："我听到你的小猫咪在门外叫唤。要不要我把它放进来？我觉得它很想跟你一起睡。这床足够咱们仨睡的。"

她边说边起身下床，向门边走去。走动时，她那庞大的块头让地板也跟着震动起来，而她那尖尖的睡帽则在烛光照射中投下一道长长的、有点诡异的影子。但是当她抱着小猫进来时，贝茜再也不觉得她的样子可笑了。她把埃莉诺递给小姑娘，然后又爬上了床。"好了，现在我们该睡觉了，"她说，"你把小猫放在你的另一边，这样它就不会掉下去了。"

她吹灭蜡烛，然后向贝茜这边靠了靠，小姑娘瞬间就被包裹在那令人愉悦的暖意里。小猫在小姑娘的下巴下蜷缩成一团。黑漆漆的房间固然恐怖，但阿比盖尔姨婆庞大的身体就像一座堡垒一样，耸立在贝茜与这黑暗之间。

贝茜深深地吸了一口气……当她睁开眼的时候，阳光已经照在窗户上了。

第三章

一个短暂的上午

阿比盖尔姨婆不在身边,埃莉诺也不在。整个房间空荡荡的,明亮的阳光从玻璃窗里洒了进来。贝茜伸了伸懒腰,打了个哈欠,然后环顾起四周。房间里的墙纸非常滑稽,简直是太老土了!画面上有一条蓝色的河和一座褐色的磨坊,画的上方是绿色的垂柳,磨坊前站着一个人和一匹拖着行囊的马儿。整个房间都贴着这种墙纸,墙角处贴不下整张纸,于是那匹马儿就被拦腰截断,看上去非常奇怪。她盯着看了很长时间,等着有人进来叫她起床。以前在家时,弗朗西丝姑妈总会叫她起床,再帮她穿衣服,可在这里没人进来叫她。她发现有热气从一个洞里冒出来,这个洞在靠近床边的地板上,洞下面就是楼下的那个房间。从洞里飘来烤面包的香味,传来一阵阵闷闷的撞击声。

太阳越升越高,贝茜感觉越来越饿。最后她终于意识到根本没必要等人叫她起床,于是她伸手够到自己的衣服开始穿起来。洗漱完毕后,那种委屈、被遗弃的感觉又回来了(你可要知道她现在肚子太饿了)。她走出房间,摸索着准备下楼。很快,她就找到了台阶,一个一个地走下去,然后,她推开了旁边的一扇门。只见安姨妈,就是那个棕色头发的那位,此时正在炉子旁熨衣服。当小姑娘一进来,姨妈朝她点点头微笑着说:"哎呀,你这会儿该休息好了吧!"

"噢,我才没睡到现在呢!"贝茜解释道,"我一直在等人叫我起床。"

"噢,"安姨妈说道,她的黑眼睛略微睁大了点,"是吗?"除此之外,她没有多说什么。贝茜本来还要加上一句,她还在等人帮她穿衣服和梳头发,这会儿也赶紧闭上了嘴巴。事实上,她很喜欢给自己梳头发,这是她第一次试着自己做这件事。弗朗西丝姑妈从来没觉得她的小家伙已经长大,可以自己梳头发了,而贝茜也懵懵懂懂,没意识到自己可以做这件事。当她与那一头乱发作斗争时,突然有了一个疯狂的想法,以前弗朗西丝姑妈老给她梳一种发型,虽然很漂亮,但是她今天要来个不一样的。在私底下,贝茜就一直很羡慕隔壁班的一个女生,那个女孩子的头发全部系在脑后,最后在脖子后面用丝带绑起来,显得十分成熟。今天早上,贝茜也把头发编成了那种发型,她把脖子都扭疼了,就是想看看自己羡慕已久的新发型。你看,这个小女孩不是很奇怪吗?虽然她很享受自己扎辫子的过程,但仍然觉得很受伤,因为安姨妈没有进来给她梳头发。

理解贝茜
Understood Betsy

伴着一声闷闷的撞击声,安姨妈放下了手中的熨斗。她开始叠一块餐巾,说道:"你从那边的架子上给自己拿个碗下来。炉子上的壶里有燕麦粥,那个蓝色的罐子里有牛奶。要是你想要面包和黄油的话,烤炉里有一条刚烤好的面包,黄油在那个棕色瓦罐里。"

贝茜照着这些指示做,很快就准备好了早餐。她坐下来,陷入一种奇特的寂静之中。以前在家里,那个女佣人得用超过半个小时的时间来准备早餐、摆好饭桌,而且吃饭的时候这个女佣还得站在一旁伺候她们进餐。这时贝茜开始从罐子里把牛奶倒出来,倒了一半她突然停了下来:"噢,我好像倒多了,超过我那份儿了!"她道歉道。

安姨妈正快速地移动着熨斗,听到这话,她抬起头来诧异地问道:"你那份儿?什么意思呀?"

"我那份儿牛奶呀。"贝茜解释道,以前在家的时候,她们每天都会买一夸脱液体或固体的容积单位,1夸脱=2品脱。牛奶和一杯奶油,所以她们都会很小心,尽量不要取多了,免得超过了自己那份儿。

"天啊,孩子,你想喝多少就喝多少!"安姨妈说着,好像她在这小女孩的话里发现了什么惊人的东西。贝茜自己却在想,姨妈说这话感觉牛奶好像跟水似的,会从水龙头里源源不断地流出来。

她很喜欢喝牛奶,这餐早饭吃得也好舒服。她坐着环顾起这间天花板颇低的房间,它跟以前她见过的房间都太不一样了。

理解贝茜
Understood Betsy

　　这是一间厨房，但是却跟以前家里的那间厨房很不一样。以前那间很小，光线暗淡，一度是格蕾丝发哮喘病时的安乐窝。而这间房却很狭长，房的一侧全是窗户，上面挂着有褶边的白窗帘，都拉到两侧。阳光从一块块闪亮的玻璃上洒进来，窗台上搁着一个摆着盆栽植物的长长的架子，此时正被阳光灿烂地照射着。这个架子上铺着亮闪闪的白油布，红褐色的花盆非常干净，里面的植物很是茁壮，叶子翠绿，花朵白里透红。贝茜不停地打量着整间厨房，视线从低矮的白色天花板一直挪到干净、宽敞的木地板上，最后停留在那些洒满阳光的玻璃窗上。她想起以前在那栋巨大的砖石教学楼里，有一次她坐在课桌前，无精打采地耷拉着瘦削的肩膀，这时有个游行队伍从窗外走过，里面的军乐队吹奏着欢乐的歌曲。不知道为什么，每次她瞥到那耀眼的阳光和鲜艳的花朵时，心中就会无比激动，有点像那次听到军乐队奏乐时的感觉，背自动挺直了，兴奋的感觉在脊柱里上下流动。也许弗朗西丝姑妈是对的，贝茜是个容易受影响的孩子。但是我觉得吧，又有哪个小孩子不受外部环境的影响呢？

　　在房间的一端，也就是安姨妈熨东西的地儿，有一个火炉，黑亮亮的，上面有一个茶壶在嗡嗡地响着。炉子旁边有一个大热水壶和一个很大的橱柜，上面有很多抽屉、架子、挂钩以及其它杂七杂八的东西。再往里走，在房子的中间摆放着一张桌子，昨天晚上他们就是在这张桌子上吃的晚饭，现在这小姑娘正坐在这里吃着她不算早的早饭。再远一点儿，在房间的最里面还有一张桌子，上面盖着一张旧的暗红色的开司米披肩。桌子中间放着一

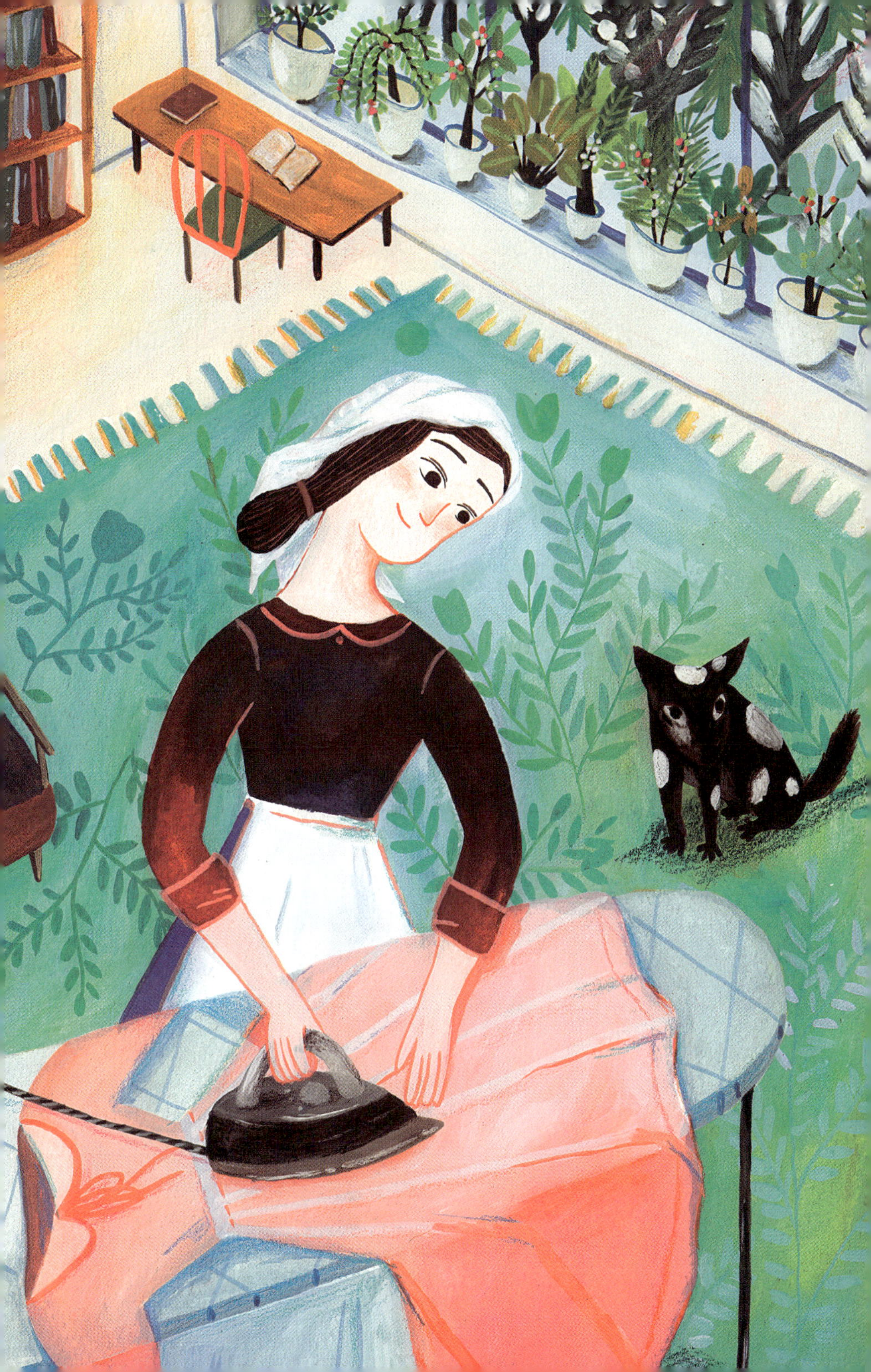

盏大台灯，旁边是一个书柜，周围有两三把摇椅。靠墙处正对着桌子的地方是一张宽大的沙发，上面铺着一层鲜艳的印花棉布，摆着三个颜色炫目的枕头。沙发上有一个黑色、毛绒绒的大家伙，它这会儿正打着响亮的呼噜。一看到这家伙，贝茜眼里立刻流露出惊恐的神情，安姨妈见状忙解释道："那是谢普，我们家养了很长时间的狗。它的鼾声也真够大的！妈妈说，晚上有时她一个人在家，谢普的鼾声就是最好的伴儿，就像家里面有个人似的。"

这几句话对贝茜来说并不太容易理解，她想了半天也不明白为什么狗的鼾声能等同于人的陪伴，不过她很敏锐地（因为她确实是个聪明的小女孩）察觉出这种说话方式跟她昨晚在普特尼农场听到的有些话差不多，一样的奇怪，一样的令人费解。这种说话方式对贝茜来说很新鲜，以前在哈莉特姑婆家时，人人说话都很小心谨慎，尽量地以最平实的方式叙述事实。而这里的说话方式大概就属于哈莉特姑婆以前提到过的"奇特的普特尼行事风格"，尽管她从没明确指出或者她压根就没注意到这点。

贝茜吃完饭后，安姨妈提出三个建议，并用了一模一样的重音进行强调。她说："在盘子变得更黏之前，你是不是最好把它们给洗了？在那张小桌子上的盘子里有红苹果，你想不想吃一个？也许你想在这房子里四处看看，进一步熟悉一下。"长这么大，贝茜还从来没洗过碗，她老是觉得只有那些很贫穷、很愚昧的人才会自己洗碗，因为他们雇不起女佣人，她不太想跟安姨妈说起这话（真奇怪）。姨妈穿着一件方格棉布裙，围着围裙，此时正笔直地站立着，脸颊红润，双眼清澈有神。贝茜现在很是尴尬，她压根就不知道该怎么洗碗，却被临时派了这个新任务。她的脚这时像被钉在地上一样，整个儿不知所措，她很是羞怯。现在的她一脸惨淡、愁云满面，虽然她自己看不到。安姨妈这会儿把熨斗拿起来，靠近脸部，感觉一下，看它热了没有，同时嘴里轻快地说道："把盘子端到水槽那边去，对着水龙头里的热水冲，一会儿就干净了。擦碗布就在火炉上面的那个小架子上。"

贝茜迅速地移动到水槽那边，好像是姨妈说的话把她给推了过去。当她意识到这一点的时候，她的碟子呀、杯子呀还有汤匙什么的都已经冲干净了，而她正用一块方格图案的干毛巾将它们擦干。"你把汤匙放在那张小桌子的抽屉里，和另一件银器放在一起。碟子和杯子就放在那个架子上，打开玻璃门，后面放的都是瓷器。"姨妈继续补充着，手里的熨斗用力地熨着餐巾，她头也不抬地接着说道："出去的时候别忘了你的苹果。那是君袖美国的一种苹果品种 Northern Spy，是晚熟型苹果。苹果现在吃刚刚好。十月份从树上掉下来的时候，它们的力量简直可以穿过一块橡木板。"

贝茜现在明白这话说得有点傻，一个苹果怎么可能穿过木板呢？但是她的脑中有一个沉睡已久的东西现在正慢慢觉醒，甚至已经睁开了一只眼睛。贝茜隐约地感觉到这话说得十分有趣，比直接说君袖苹果秋天刚摘下来的时候特别硬有意思多了。她悟出这点的速度可真是有点慢，毕竟这对她来说可是个全新的想法。她已经在这屋里逛了小半圈了，这会儿她的嘴角泛出一丝微笑，她第一次了解到什么叫做幽默。贝茜有一种冲动，她很想下楼告诉安姨妈，她听懂了那句话的幽默所在，但是走到楼梯口时她停住了脚，打消了这个念头。安姨妈那又黑又明亮的眼睛，那挺得笔直的背，那纤长的胳膊以及她说话的方式，都显示出她从不担心别人会不按她说的那样去做。贝茜不确定自己到底喜不喜欢安姨妈，但是有一点她很肯定，她很害怕姨妈。

　　于是，她继续在房子里转着，从一个房间走到另一个房间，一个劲儿地啃着那个红苹果，她从来没见过这么大的苹果。这个也是最好吃的，果肉很脆，汁水酸甜，吃了一口就再也停不住。她对其它的房间并不像对厨房那样感兴趣。那些房间装饰都很简单，没有垂坠的幔状物；窗子上也没有挂蕾丝窗帘，只挂着类似厨房里的那种圆点细薄布；房间的天花板都很低；清一色的陈旧暗木家具；铺的小地毯也极少有颜色鲜艳的；镜子造型古怪，看着有一定的年岁，顶端都贴着些滑稽的老图片；卧室里一张钢丝床都没有，都是些木板四柱床，顶上搭着层幔帐；客厅里一条毛绒门帘都没有挂，而在哈莉特姑婆家里，一个房间就有两条。

　　她在各个房间里都没有发现钢琴，不禁松了一口气，心中窃喜以后再也不用练钢琴了。她心里一点都不喜欢弹钢琴，但从来没想过不去弹，因为她向来都会顺从地接受弗朗西丝姑妈提出的任何要求，而且她也喜欢听姑妈夸她弹琴弹得比同龄的孩子好多了的溢美之词。

　　这时她走到楼下来了，推开了客厅外的一扇门，发现自己又回到了厨房里，那闪闪发光的窗户和鲜艳的花朵又让她兴奋起来。安姨妈正在炉子边低头熨衣服，听见开门声，她抬起头朝她点了点说道:"已经全看完了?你最好进来暖和一下,那些房间在一月份简直是太冷了。一到冬天,我们就尽量在厨房里呆着,厨房里面有这个炉子。"贝茜走到炉子前暖暖手。过了一会儿,姨妈补充道:"还有一个地方,乳品室,你有没有去看呀?妈妈现在就在下面呢,在搅拌牛奶。那边就是门,中间的那扇。"

贝茜一直在纳闷到底阿比盖尔姨婆去哪儿了。于是她快步走到那扇门前,推开门沿着昏暗阴冷的楼梯往下走。楼梯最底部又是一扇门,显然在里面锁住了,因为她在门外没找到插销。这时她听到里面有脚步声,接着门一下子开了,她差点儿跌进阿比盖尔姨婆的怀里,姨婆一把扶住她,然后说道:"我在里面等你好一会儿了。我还从来没见过有哪个小女孩不喜欢看怎样制作黄油的。你去试试那个黄油搅乳机吧,我可喜欢了,我都七十二岁了!"

"可我一点儿也不懂呀,"贝茜说,"我不知道黄油是用什么做的。我们平时是买黄油吃的。"

"噢,天啊!"阿比盖尔姨婆说。她转过身朝房间里面喊道:"亨利,你听听看!贝茜说她不知道黄油是用什么做的!而且她从没见过别人做黄油!"

亨利姨爹坐在窗户边上,旁边两根直立的柱子中间挂着一个摇晃的小桶,他用一根柄搅动着桶里面的东西。听到姨婆的话,他停下来想了想,神情严肃,那天贝茜发表关于左右方向新发现的言论时,他也是这种表情。接着他又开始一遍遍地搅拌着桶里的东西,平静地说道:"我说,孩子她妈,你从来没有见过别人铺沥青路吧。我敢保证贝茜肯定知道那是怎么一回事。"

这时的贝茜情绪高涨,一种优越感油然而生。"那确实呀,"她向他们保证到,"我知道那是怎么一回事!难道你们从来没见过吗?哎呀,我可见过几百次了!每天我们去学校时,总能看到有人在路上铺沥青。"

阿比盖尔姨婆和亨利姨爹饶有兴趣地看着她,姨婆说:"好吧,那你就跟我们说说吧!"

"哦,他们驾着一种很大的黑色四轮马车,"贝茜开始解释道,"他们驾着车,一边沿着马路行驶一边把那黑色的东西倾倒在路面上,基本上就是这样的。"她慌忙地停下来,看上去很不自在。亨利姨爹又询问道:"有一件事我一直很想知道,他们是怎么防止那东西变硬的呢?又是怎么让它一直保持滚烫的呢?"

小姑娘看上去一脸茫然:"哦,我猜是用火吧。"她支支吾吾道,脑袋里拼命搜索着以前的记忆,却只隐约记得熟悉的场景里好像有过火光。她经常在那附近来来往往,却很少留心观察。

"当然是用火了,"亨利姨爹表示同意,"但是他们是用什么生火的,焦炭、煤、木头还是木炭?他们是怎么引入空气让火一直烧的?"

贝茜摇摇头,说:"我没有注意过。"

阿比盖尔姨婆问道:"在倾倒沥青之前,他们是怎么处理路面的?"

"处理?"贝茜说,"我不知道他们有没有处理过。"

"但是,他们不可能把沥青倾倒在邋遢的路面上吧?"阿比盖尔姨婆问,"难道他们不铺点碎石之类的东西吗?"

贝茜低头看着自己的脚丫儿,不好意思地说:"我没有注意过。"

"我在想这沥青铺上去大概多长时间会变硬呀?"亨利姨爹说。

"我没有注意过。"贝茜用细小的声音回应道。

亨利姨爹说了一声:"哦!"然后不再问问题。阿比盖尔姨婆转过身,把一根木头扔进炉子里。贝茜的优越感现在完全消失了,只听阿比盖尔姨婆说道:"现在就要开始做黄油了。你不想看看我是怎么做的吗?以后要是有人问到黄油的制作过程,你也可以回答了。"贝茜完全明白姨婆现在是怎么想的,她赶紧集中注意力观察黄油的制作过程,比以前干任何事都要认真。做黄油太有趣了,她很快就忘记她是为什么要看这个制作过程的,一下子就融入到这乳品的美妙世界中。

阿比盖尔姨婆拧开了搅乳器的盖子,贝茜往里面瞅了瞅,发现又稠又酸的奶油正变成酪乳和金黄色的小颗粒。"会越变越多的,"阿比盖尔姨婆边说边把盖子重新拧上,"孩子他爸还需要继续搅拌一会儿,直到它最终变成黄油。你跟我用滚水去烫烫那个木头黄油揉乳机,做好一切准备工作。你最好围个围裙,免得把衣服弄脏了。"

这会儿贝茜围了一件条纹棉布的围裙,她一脸的新鲜感,正在这个铺着石头地板的乳品室里忙前忙后,要是弗朗西丝姑妈这时正好在身边看到这场景,她准会大吃一惊!贝茜可兴奋了,姨婆同意由她拔出搅乳器下面的那个塞子。随着塞子的拔出,只见一股酪乳瞬间喷入到姨婆拎着的桶里,贝茜见状连忙闪开。然后她把水冲入盛有黄油的桶里,拧上盖子,再把搅拌器前后摆动了六七次，好让水在里面充分地撞击黄油颗粒（因为黄油一"出来"后，亨利姨爹就离开了）。做好这些后，她又帮姨婆舀出那些巨大的黄色块状物——她可从来没想过世界上原来有这么多的黄油！接着，姨婆就让她操作起那台样子十分奇怪的木头黄油揉乳机，把黄油里的水分挤压出来，再用搅棒把黄油堆成一座金色的小山。随后，她用秤量出黄油中所需的盐，她惊奇地发现原来真的有'盎司'这回事。以前她只在算术课本里见过这个词，可从来不知道原来现实生活里也用得着它。

把盐放入黄油后，贝茜站在一边看着阿比盖尔姨婆用她那布满皱纹的苍老的手熟练地把黄油做成块状或者是卷状。这活儿看上去非常有趣，而且简单极了。当姨婆问到贝茜愿不愿意把最后那半磅做成午饭时要用的一块黄油时，她自信满满地把那根木头搅棒拿了起来。接着她发现了来普特尼农场后的又一件新奇事，那就是她的手完全不听使唤了，好像根本不是她的，她之前一点儿都不知道拍一下黄油该使多大的力或者是她的手指到底该放到哪个地方。事实上，除了写字、算数以及弹钢琴，这是贝茜第一次试着用她的手来做其它的事，她自然不会那么得心应手。她沮丧地停了下来，看着那堆不成形的、松松垮垮的黄油，无可奈何地摊开双手，好像那双手根本就不是长在自己身上似的。

阿比盖尔姨婆大笑起来，随即举起那根木棒，三四下，那黄油就成了一个滑溜溜的黄色圆球了。"哈哈，这一下子把我带回了小时候！"她说道，"当我还是个小女孩的时候，我奶奶第一次让我把黄油分成一小块一小块的。当时我大概就五岁。天啊！

我做得可糟了！我还记得她也是大笑（很有意思吧），还说自己的姨婆埃米拉以前就是在这间乳品室里教她做黄油的。我想想，奶奶是《独立宣言》签署的那一年出生的，那可真是隔了好多年了，是吧？但是黄油没怎么变，我觉得，小女孩们也没怎么变。"

听完这番话后，贝茜的脸上立刻流露出一种惊讶甚至是受到惊吓的表情，好像她压根儿就没听懂似的。她站在那里好一会儿，眼睛盯着阿比盖尔姨婆的脸，但什么也没看进去，因为她正在绞尽脑汁地思考着。她在思考什么呢："天啊，真的有现实生活中的人活在《独立宣言》签署的那个时代，是现实生活中的人，而不仅仅是那些活在历史中的人。老太太们就是在这间房、这同样的地板上教小女孩们的。那时《独立宣言》才刚刚签署！"

说老实话，在这之前，虽然贝茜在美国历史课上得过高分，但她对《独立宣言》的真实存在还真没什么概念。就跟刚才提到的"盎司"一样，这些东西好像就是存在于课本中供小女孩考试用的。而现在，阿比盖尔姨婆说到做黄油这事，竟然把课本中的知识带到现实生活中来了！

当然贝茜这念头只持续了一会儿，因为它太新鲜了！她一下子就搞不清楚自己在想什么了，她揉揉眼睛，好像刚刚从一个梦中醒来，她迷糊地想着："黄油跟《独立宣言》有什么关系呀？当然没有关系了！根本不可能有关系呀！"这种感觉好像在她的脑海里转瞬即逝。但是，在接下来的几个月里，这种感觉一次又一次地造访她。

第四章

贝茜去上学

这时，安姨妈在楼下喊："吃午饭了！"贝茜顿觉惊奇，整个上午竟然过得这么快。"过来，"阿比盖尔姨婆说，"把这块黄油放在盘子上，你上楼的时候顺便带过去。我把自己这两百磅的身子拖上去就够不容易了，可是加不得这半磅黄油的。"一听这话，小姑娘立刻笑了，虽然她还不知道自己到底在笑什么。她快步走上楼，颇为自豪地端着她的黄油。

桌子上摆着热气腾腾的饭菜，阳光如水似的洒在桌子中央。一只黑白相间的大狗，摇着它那毛茸茸的大尾巴，绕着桌子一遍又一遍地走动，鼻子用力地嗅着。跟贝茜比起来，这狗简直大得像一头熊。它一边走着，一边吐出它那红色的大舌头，白色的牙齿露着凶光。贝茜吓得直往后缩，手紧紧地将盛着黄油的盘子抓住，使劲往胸口贴。安姨妈喊道："真烦人！老谢普这会儿起身是想缠着我们要吃的了！谢普过去，躺下！"

令贝茜吃惊的是，这大家伙真的转过身去了，她终于松了一口气。这会儿，那只大狗耷拉着脑袋走了回去，爬上沙发，可怜兮兮地把头趴在一只爪子上，温顺地偷瞄着安姨妈。

阿比盖尔姨婆气喘吁吁地爬上了楼，她一边大笑一边喘气道："真得庆幸我不是这农场里的动物，不用听安的指挥。""那总得有人指挥它们吧！"安姨妈边说边托着一个大盘子走到桌子前。盘子里有炖鸡块，一闻到这气味，贝茜的心都化了。在这个世界上，贝茜最爱吃的就是浸满鸡汁的热饼干，可是鸡肉在市场上卖得可贵了，所以哈莉特姑婆不是经常买来吃。安姨妈托着的这一大盘鸡汁饼干，金黄金黄的，是刚从烤炉里拿出来的！贝茜赶紧坐下来，口水直流，等安姨妈把她的盘子盛得满满的之后，她就迫不及待地开始消灭它们。

以前在哈莉特姑婆家时，她一直都很清楚，吃饭时人人都会带着焦虑的神情看着她。她老被人说胃口小，因此她觉得自己得名副其实，一旦桌子上碰巧有她特别喜欢吃的东西，她得犹豫半天到底吃不吃光，当然这纯属人之常情。但是在这里，没人知道她"胃口小得跟只小鸟似的"，没人知道她"特别地挑食"！也没人注意到她消灭干净了鸡肉、热饼干、葡萄干果冻、烤土豆还有苹果派——贝茜以前哪里吃过这样的大餐呀？她觉得自己的腰带都紧了。

饭吃到一半时，安姨妈起身到隔壁房间接电话。厨房门一带上，亨利姨爹就靠上前来，拍了拍贝茜的肩膀，点头示意她往沙发那边看。姨爹眼中含着笑意，而阿比盖尔姨婆则不出声地大笑了起来，前俯后仰的，她把餐巾搁在嘴旁免得笑出声来。贝茜好奇地扭过头来，发现那只老狗正小心地、静悄悄地从沙发上挪下身来，竖起一只耳朵警惕地听着安姨妈从隔壁房里传来的声音。"这家伙！"亨利姨爹说，"只要安稍微出去一会儿，它就会偷偷摸摸地溜到桌子旁边管我们要吃的。贝茜，你跟它隔得最近，给它一块鸡脖子上的皮吃。"这大狗小心翼翼地摸过来，贝茜感觉到它明显是太害怕安姨妈了，她有一种同病相怜的感觉，因为她也很怕这位亲戚。现在贝茜也不大可能会害怕这么一只垂头丧气、温顺的、看上去相当内疚的动物了。但是当谢普走向她，用鼻子试探性地蹭了蹭她的腿时，她还是畏缩地递出去那块皮，谢普猛地一咬以及它狼吞虎咽的样子令她畏惧地往回缩。不过看着谢普享受佳肴时的满足感，贝茜又忍不住同情起它来。它感激地摇着那毛茸茸的尾巴，脑袋朝一侧高高抬起，两耳竖起保持警惕状，两眼因贪吃而放光。这时它低低地发出一声乞求，"呀，它又开始要吃的了！"贝茜大叫道，她很惊奇自己居然理解狗的语言。"快一点啊，亨利姨爹，再给我一块！"

　　亨利姨爹随即把自己盘子里的一块鸡翅骨移到她的盘子里来，而阿比盖尔姨婆则旋风般地把大盘子里的一块鸡脖骨夹到她盘子里去。之后贝茜用最快的速度把这些骨头喂给谢普吃，它一边汪汪叫，一边飞快地把东西扒拉进嘴里，骨头在它坚硬的白牙齿下嘎啦嘎啦地响着。你看它吃得多享受啊！它吃得这么有滋有味，你看了也觉得高兴！

这时隔壁传来挂电话的声音，厨房里的这几位赶忙各就各位。阿比盖尔姨婆开始若无其事地喝着咖啡，只是朝着杯沿看去，你会发现她苍老的眼中含着笑意；亨利姨爹则煞有其事地往一片面包上涂黄油，表情严肃，好像正在思考谁会是下一任美国总统；至于老谢普，它早已像一根箭似的朝房间那头射去，地板上传出它脚趾头快速划过的声音，紧接着它跳上了沙发。当安姨妈推门进来时，它的姿势跟姨妈出去时的一模一样，头趴在伸出的爪子上，棕色的眼睛温顺地向上翻着，露出眼白。

我告诉了你上面三位的表现，唯独漏了贝茜，这可不得不说。当安姨妈进来时，她带着怀疑的表情瞥了瞥她那对表情严肃、漫不经心的父母，又瞄了瞄躺成绵羊状的老谢普。这时，贝茜则放声大笑起来。为什么不得不说呢，因为据我所知，贝茜长这么大还从没这么开怀大笑过。我还有点惊讶，从来不知道贝茜会这么笑呢。

当然贝茜一笑，阿比盖尔姨婆也跟着大笑起来，她放下咖啡杯，露出整张脸来，由于大笑，皱纹也都有趣地拧在一起。亨利姨爹也不住地大笑，安姨妈也笑了起来。她一坐下便说道："你们这四个坏孩子，真坏呀！"老谢普见这场景，竟也不扮温顺状了，它从沙发上跳下来，慢慢地爬到桌子前，摇摇尾巴也笑了起来。你见过狗的这种很有趣的微笑吧！它再一次把头搁在贝茜的腿上，贝茜拍拍它，又拎拎它的黑色大耳朵。她完全忘了她以前有多么地害怕大狗。

吃完中饭，安姨妈抬头看了看钟说道："我的天啊！要是现

理 解 贝 茜
Understood Betsy

在不出发，贝茜上学准得迟到！"小姑娘呆住了，这简直是晴天霹雳嘛！姨妈继续解释道："今天上午让你想睡到几点就睡到几点，那是考虑到你昨天旅途太累了。下午缺课的话就说不过去了。"

贝茜坐在那儿一动也不动，整个身体警惕地僵直着。安姨妈轻快地从椅子上蹦起来，拿来一件小外套和一顶帽子，她一边把贝茜扶起来，一边把小姑娘的手臂塞进外套的袖子里。然后把帽子戴在小姑娘的头上，牢牢地盖住耳朵，接着在口袋里摸了摸，掏出一双露指手套来。"拿着，"她边说边把手套递过去，"出门前最好戴双手套，天太冷了。"这个目瞪口呆的小姑娘被领到门口，阿比盖尔姨婆跟在她们后面，她把一块很大的甜饼干塞到小姑娘手里。"也许你课间的时候会想吃东西，"她说，"以前我上学的时候就爱这样。"

贝茜不自觉地把饼干握在手里，虽然她压根没听见姨婆在说什么，她感觉自己身处一个噩梦之中。弗朗西丝姑妈以前可绝对没有让她一个人去过学校，一次都没有，而且在新学期开始的第一天，姑妈都会把她带到新老师跟前主动做介绍，还会跟老师解释说这是个敏感的小孩，人们会不大容易理解她；随后姑妈会陪她一到两个小时，直到她完全适应再离开！她一个人可面对不了一个新的学校。天啊，她没这个能力！她不愿意一个人去！太可怕了！她走到客厅了，已经到门边了！安姨妈这时说："孩子，快到学校去。沿着这条路笔直地往下走，走到第一个路口时左转，然后走到下一个十字路口，你们学校就在那儿。"随后大门在她身后关上了，一条大路在她面前伸展开来，这条山路往下走就是安姨妈指的那个方向。贝茜的脚开始往前迈，把她带着往山路下面走，虽然她一个劲儿地对自己说："我没这个能力！我不愿意一个人去！"

你这会儿可能在纳闷为什么贝茜不掉转头来，开门走进去跟安姨妈说："我没这个能力！我不愿意一个人去！"

贝茜不愿意这么做是因为这个人是安姨妈，这个问题的答案当然不止字面上这么简单！这答案其中的奥妙无人能参透，即使是那些最有名的科学家和哲学家，他们往往在解释那些无法理解的现象时都会使用高级词汇。在这里这个高级词汇就是"性格"，关于这个抽象词没人能真正解释清楚，尽管它关乎一切。但是我们还是可以就"性格"说上一两点。我们知道一个人的性格是他所有行为、思想以及欲望的总和；我们还知道，这个总和在任何一种语言中都不能被准确描述或者用数字精确计量。尽管如此，性格仍然是人们在了解他人的过程中，首先要考虑的一种衡量因素。对于"性格"，我们真正知道的就这么多！

所以我不能解释为什么贝茜不会在安姨妈面前哭诉，自己不可能也不愿意一个人到学校去，要是以前在哈莉特姑婆家她一定会那么做。你还记得当这个无父无母的小女孩躺在床上看着阿比盖尔姨婆那张脸时，会有一种放松的安全感，以至于最后失声痛哭，当时我也不能解释清她为什么会这么做。我只能说，因为那个人是阿比盖尔姨婆。你可能会觉得清楚地了解自己的性格会是一件非常好的事，不管自己的性格到底是什么样的。要是你的性格跟安姨妈似的，那你不费吹灰之力就能让贝茜自己乖溜溜地到学校去；或者你更喜欢阿比盖尔姨婆那样的性格。噢，还是你自己做选择吧。

当然，你千万不要以为贝茜是真正地愿意按照安姨妈说的那么做。才不是呢！当她迈步向前时，脑子里可没想那么多。这会儿她脑袋里除了反抗、恐惧、气愤以及受伤感，就没别的什么了。以前在学校里，只要有新同学来了，操场上准会有一大群好奇的同学盯着看，她一想到这场景就心里来气！她绝对绝对不要到学校去！她会整个下午都在外面晃荡，然后回去告诉安姨妈她一个人没法去学校！她会解释给安姨妈听，以前弗朗西丝姑妈都会温柔地牵着她把她送到班级门口。她还会告诉安姨妈以前弗朗西丝姑妈是多么细致入微地照顾她！只要不在安姨妈身边，她说起来、做起来以及解释起来都这么的简单，但是一面对那双黑眼睛，她说起来、做起来都变得好难了。和安姨妈不同，弗朗西丝姑妈的眼睛是柔和的淡蓝色。

唉，她多么希望弗朗西丝姑妈此刻就在身边照顾她呀！在这里没人关心她！除了弗朗西丝姑妈，没有人能够理解她！她一点儿都不愿意回普特尼农场，她要不停地沿着这条路走，直到走丢。到了晚上，她会睡在路边，然后冻死掉。到时候安姨妈会不会感觉……这时有人喊她的名字："是贝茜吗？"

她惊讶地抬起头，发现一个年轻女人站在一栋像娃娃屋似的矮小平房前，跟普特尼农场的人一样，她穿着条纹棉布裙、系着白围裙。"是贝茜吧？"年轻女人又问了一遍，"你的姨妈安打过招呼说你今天要过来，我不停地出来看你来了没有。刚才看你差点走过去了，所以赶紧跑出来拦住你。"

"那么，学校在哪儿呀？"贝茜询问道。她曾经的学校是一栋四层楼高的巨大砖石楼房，她的目光在四周搜索着这样的建筑。

年轻女人边笑边伸出手来："这个就是学校了，"她说道，"我是老师，你最好赶快进来，快要上课了。"

她把贝茜带到了房间里。房间天花板很低，窗台上种着天竺葵，有十来个不同年龄的孩子坐在他们的课桌后面。一看见这么多人，贝茜的脸刷地一下红了，又害怕又紧张，连忙低下头去。但她从眼角偷瞄过去，发现那些孩子也是如此，满脸通红，一副害怕的表情，同样也低垂着头，也从眼角处害羞地偷瞄她。她觉得很奇怪，一下子忘了自己的恐惧，用疑惑的眼神看着老师。

"他们没见过多少陌生人，"老师解释道，"一旦有新同学来了，特别是城市里的，他们就变得特别害羞和紧张。"

"那么我是在这个班上课吗？"贝茜问道，她从来没见过人这么少的班级。

"整个学校的学生都在这里了，"老师说道，"每个班只有两三个人。你那个班大概就三个人。你姨妈说你上三年级了，那么你就坐在这边吧。"

按照老师的安排，贝茜坐在一张非常旧的书桌前。这张桌子上满是坑坑洼洼的被撞击过的痕迹以及刀子刻过的划痕。嵌在桌子里的墨水池上刻着巨大的字母 H.P，一些姓名的首字母缩写刻得到处都是。

老师转身走回自己的桌子前，拿起一把放在上面的小提琴：

"同学们，我们现在开始下午的课程，先来唱《美国》。"她说着拉起了小提琴。小提琴拉出的声音清脆而又激动人心，学生们都起立准备唱歌，当她走过来时正好站在贝茜的前面。她用琴弓拉了一个大和弦后说道："开始。"然后贝茜和其他学生一起唱了起来。明媚的阳光从窗外照了进来，老师也一边拉琴一边唱起了歌，所有的学生包括那些年龄小的也张着嘴洪亮地唱起来。

第五章

贝茜上几年级?

唱完歌后,老师发给贝茜一叠课本、几张纸、几支铅笔和一支钢笔,并让她把课桌整理好。课桌肚内刻着很多的姓名首字母缩写,同样有一个大大的 H.P.,另外还有一个比较小的 A.P. 在其下方。她边整理课本文具边想,该有多少学生用过这课桌呀。她盖上书桌盖后,老师也正好结束了对三四个年龄较小的学生的指导,这时老师说道:"贝茜、拉尔夫还有爱伦,带上阅读课本到我这边儿来。"

贝茜叹了一口气,拿上她的三年级阅读课本,和其他两个学生走到老师桌子旁的一张坑坑洼洼的旧长板凳上。她太了解阅读课是怎么上的了,她非常讨厌上这课,尽管她很喜欢看书。但是阅读课……你把课本摊开到要上的那一页,眼睛半闭、非常轻松地听其他学生读,然后你等啊等,直到前面每个学生都结结巴巴地轮流读完这一页上的一两句话。等轮到你的时候,你再站起来读完自己的那一两句,这太没意思了,因为轮到你之前,你已经把那一两句话练到滚瓜烂熟。而且往往到这个时候,这节课也没剩多长时间了,可能老师还没来得及让你来读,结果就下课了。于是你合上课本,把它扔进课桌肚内,一节课连口也不用开。阅读是贝茜比较擅长的,她全是靠自己在家看书进行训练的。弗朗西丝姑妈源源不断地给她从附近的图书馆借来大量儿童读物。她通常一个星期就要看三本书,而在课堂上平均一两个星期才读上一两句,这简直没有可比性呀。

当她坐在这破旧的长板凳上时,她差点要笑出声了,一个班只有三个学生这也太奇怪了点。以前在那个大教学楼时,她那个班有四十个学生。现在她坐在中间,那个叫爱伦的小女孩坐在她的一边,拉尔夫则在另一边。爱伦长得非常漂亮,金色的头发柔顺地绑成两根小马尾,一对蓝色的眼睛显得很甜美,身穿一件干净的蓝白相间的条纹棉布裙。拉尔夫有一双很黑的眼睛,深色头发,额头上有一块大淤青,脸颊上有一道伤疤,穿着的短裤上有一条裂口。他的块头比爱伦大多了,贝茜觉得他看上去很凶,决定对他敬而远之。她对他一点儿好感也没有。

"翻到第三十二页,"老师说,"拉尔夫先来。"

拉尔夫站起身开始读起来。这一切对贝茜来说太熟悉了,因为他读得一点都不好。她觉得奇怪的是,老师并没有在每句话读完后打断他,他读呀读直到读完整整一页,老师只在那些很难的词出现时稍微帮帮他。

理解贝茜
Understood Betsy

"贝茜来读。"老师说。

贝茜站了起来,读了一句后停了下来,好像关在笼子里的狮子在走到笼子边上时会稍作停留一样。

"继续。"老师说。

贝茜在读完下一句后又不自觉地停了下来。

"继续。"老师又说,目光颇为有神地注视着她。

不一小会儿,小姑娘又停住了,老师这时和蔼地大笑起来:"你怎么了,贝茜?"她说,"我没叫你停,你就一直读。"

贝茜显然是有点吃惊,但兴趣也跟着来了,她读呀读甚至忘记它们是一个一个单独的句子,心里只想着它们在一起代表的是什么意思。她读完一页书,接着又完成了另外一页,这已经是这一章节的结尾了。长这么大,她还从来没大声朗读过这么多东西,她清楚地意识到整个教室的人都停下来听她朗读。她可自豪了,觉得教室也没她想的那么可怕。她读完后,老师表扬道:"你读得太好了!这对你来说是不是很简单呀?"

"是的!"贝茜回答道。

"我想,可能这个班不适合你。"老师说。她从自己的桌子里拿出一本书:"看看这本书你读得怎么样。"

贝茜开始用平时在学校里读课文时的那种非常缓慢、单调的声调进行朗读,但她发现这本书跟以前读过的那些儿童读物完全不一样。这是一首诗,里面都是些很难的、同时发音上很有意思的词语,讲述了一个老妇人在一个满是叛军的小镇上执意要挂上美国国旗的故事。她越读越快,越读越激动,最后她振奋人心地大声喊出"立正!",这声音大到连她自己都吓到了,她赶紧停下来生怕有人笑话她,但结果没人笑她。他们都用心地听着,连那些年龄非常小的孩子都不例外,他们的眼睛专注地看着她。

"你还是继续读,让我们看看你到底能达到什么程度。"老师说道,过了一会儿,贝茜胜利地读完了整首诗。

"这样,"老师说道,"没理由让你待在三年级阅读班。下次你和弗兰克、哈利还有史黛西他们一起上七年级阅读班吧。"

贝茜简直不敢相信自己的耳朵,用这种随意的方式让她连跳四个年级!这太不可思议了!但是,她随即想到有一些事情会让跳级这件事变得不大可能。这时爱伦正用一种缓慢、慎重的声音小声地读着课文。贝茜浑身不自在,她急切地想跟老师解释为什么自己不能去上七年级阅读班。哎呀,她多希望自己能去啊!当他们起身走回自己的座位时,贝茜迟疑了一会儿,低垂着头,显得非常不开心。"你有事要告诉我吗?"老师见状,握着手中的半根粉笔停下来询问她。

贝茜于是又走回老师那里,她觉得自己应该坦白:"您不应该让我去七年级。我写作文不行,心算也不行。我一点儿也不会七年级的算术课!"

老师一脸茫然地说道:"我没有提到你的数学成绩呀!我现在还不知道你的水平!"她转过身去在黑板上写下一串单词。"贝茜、拉尔夫、爱伦,你们三个看看这些单词的拼写,"她说着,"你们这几个低年级的开始上阅读课。"

当这两个小男孩和两个小女孩走上前时,贝茜也开始反复地默记黑板上的词汇。起初她发现自己其实在听那唧唧喳喳的读书声——小朋友们读得磕磕绊绊，而没有去研究"怀疑、旅行、奶酪"这些词汇以及其它课上要用到的词汇。于是她把手堵在耳朵上，把注意力重新集中在词的拼写上，她很想在词汇课上给大家留一个好印象。过了一会儿，她确信自己已经记住了所有词的正确拼写形式，于是开始东张西望、听着周围的动静。以前在课上，她总能在规定的时间以内"搞定"词的拼写，然后悠闲地在那儿，眼睛眺望窗外，直到规定时间结束。但是现在她刚把视线从黑板上挪开，嘴巴也才停止讷讷自语般的背诵，老师就叫住了她，好像老师在一刻不停地留意着她而不是在管理整个课堂："贝茜，那些词你都记住了吗？"

"是的，老师，我觉得记住了。"贝茜说道，心里在寻思着老师为什么要问到她头上来。

"太好了，"老师说，"我想让你把小莫丽带到一边去，辅导一下她的阅读。她水平比她那个班上的小朋友们都要强，坐在那儿有点浪费时间。你就听完她朗读那个小故事，好吗？到她读得很不流利的地方你再提示她。"

听到这个要求后，贝茜吓了一跳，因为她以前压根没听过这种事。她现在坐在教室角落里、远离那堆课桌的一个矮凳子上，显得惴惴不安，而那个小孩儿正靠在她的膝盖上。不过准确地讲，贝茜不是因为害怕才这样，因为莫丽只不过是个害羞的小胖墩儿，她满头的黄色小卷儿，一双蓝色的眼睛明亮、严肃，她死盯着课本，然后一本正经地朗读道："从前有一只老鼠，一只很肥的老鼠。"

是啊，怎么可能害怕这么可爱的一个小朋友呢，你看，莫丽现在一脸真诚地看着这个比她大一点儿的小姑娘，想知道自己是不是表现得很好。

贝茜以前从来没有和比自己小的孩子接触过，现在有人这么仰视她，她高兴极了，她感觉到了自己的重要性！她伸出一只手臂环住莫丽那热乎乎、圆溜溜的小身体，用力地搂了搂。莫丽靠得更近了，两只小脑瓜并排凑在书本前。当莫丽读错了，贝茜会非常温柔地纠正她，而在莫丽停顿下来时，贝茜则相当有耐心地等她重新开始。以前被人粗暴地、急促地纠正错误时的场景依然历历在目，所以贝茜现在语速平和，避免在不必要的时候打断莫丽。她为自己做到了这一点感到由衷的高兴。教学很快乐，非常有趣！当老师说"好了，贝茜，莫丽表现得怎么样？"的时候，贝茜还没有回过神，显得十分的惊讶。

"噢，现在时间到了吗？"贝茜说，"呀，她表现得很好，我觉得她这么小，做到这样很不错了。"

"那么在你看来，"老师略有所思地说，好像贝茜已经是个成年人了，"在你看来，她可以和伊莱扎一起去上二年级的阅读课吗？如果她已经准备好，现在真没必要要把她留在一年级了。"

贝茜的脑子嗡嗡直响，在她看来各年级间的界限是多么的神圣啊，可现在怎么跟炫目的变戏法似的，这无疑是她今天受到的第二次震撼。以前在那个巨大的砖石教学楼里，没有人可以任意转入其它的年级，除非你通过了一系列的考试，在新学年开始后你才可以升入新的年级。她从来没有想过有人可以不遵守这个规则。不管在什么情况下，每个人在一个年级里都得待上一整个学年，这个想法在她脑海里已经根深蒂固，以至于她感觉到这个老师说的好像是下面的这些话："你觉得要是现在你不是八岁而是十二岁会怎么样？你难道不觉得莫丽最好现在有八岁而不是六岁吗？"

不过，她的算术课马上就要开始，所以她也没时间在这儿绞尽脑汁地思索了。她重新和拉尔夫还有爱伦一起走上前来，情绪异常低落。她恨透了算术课，也真的是一窍不通！根据她以往的作战经验，她已经能准确地读懂老师的面部表情，进而判断自己给的答案到底是对的还是错的，这是她算术课上唯一擅长的东西。你以前还从来没听说过有小孩是这么上算术课的吧？

当然他们一定会做那些心算题（贝茜觉得自己倒霉透了！），那些题目中也一定会有讨人厌的数字 7 和 8，而可怜的贝茜肯定会被老师点到，去做她最讨厌的那一题：$7×8$。她从没弄清楚过这道题的答案！她泄气地说答案是 54，她只隐约记得这个答案大概是五十几。拉尔夫见状，立刻带着嘲讽的语气脱口而出"56！"，而老师似乎也想挫一挫他这炫耀的气焰，继续追问他 $9×8$。他马上气也不停地回答道，"72"。贝茜被他的准确度给震住了。爱伦也是一样的厉害，她站起来回答了 $6×7$，贝茜有时候记得这个题的答案，有时候又记不得。接下来，恐怖的时刻又到了！又轮到她！以前在心算课上，她回答问题的次数从来没有多于两次的。这一轮转得可真快，她整个儿怔住了，轮到她回答 $6×6$，尽管知道答案，她还是迟疑了半天。还没等她回过神来，拉尔夫就替她

理解贝茜
Understood Betsy

回答了，还用急促的声音快速地给出 9×12 的答案 108；接下来爱伦也掷地有声地给出了 7×12 的答案 84。太厉害了！从他们朗读时候的样子，谁能猜得出原来他们背乘法表有这么的厉害！而她自己又答错了 7×7，她马上就要哭出来了。再后来，老师就再也没问她问题，只是一个劲儿地用问题狂轰滥炸其他的两个人，他们都用令人讨厌的惊人速度给出了准确的答案。

课后老师笑着说："噢，贝茜，你确实很清楚自己的算术水平。我想你最好和伊莱扎一起背会儿乘法表，她正在上二年级的算术课，和她好好复习一下，我觉得你肯定就能跟得上三年级的课了。"

贝茜一下子瘫坐在椅子上，目瞪口呆，她觉得头昏目眩。这个老师说的话都这么的不可思议！她感觉自己要四分五裂了。

"你怎么了？"老师见她一脸的迷茫，于是问道。

"为什么——为什么呀？"贝茜说，"我都想不明白我到底算怎么回事。我上二年级的算术课，七年级的阅读课和三年级的单词拼写课，那我究竟是属于哪个年级呢？"

老师被贝茜的说话方式逗乐了："不管你在哪儿上学，你都不属于任何一个年级。你就是你自己，不是吗？你在哪个年级又有什么要紧的呢？如果因为你背不好乘法表，就让你去读那些对你而言太简单的儿童读物，这有意义吗？"

"天啊！"贝茜脱口而出，感觉好像有个人颠覆了她过去的观点。

"又怎么了？"老师再次问道。

这次贝茜没有回答，因为她也不知道自己在琢磨什么。但是

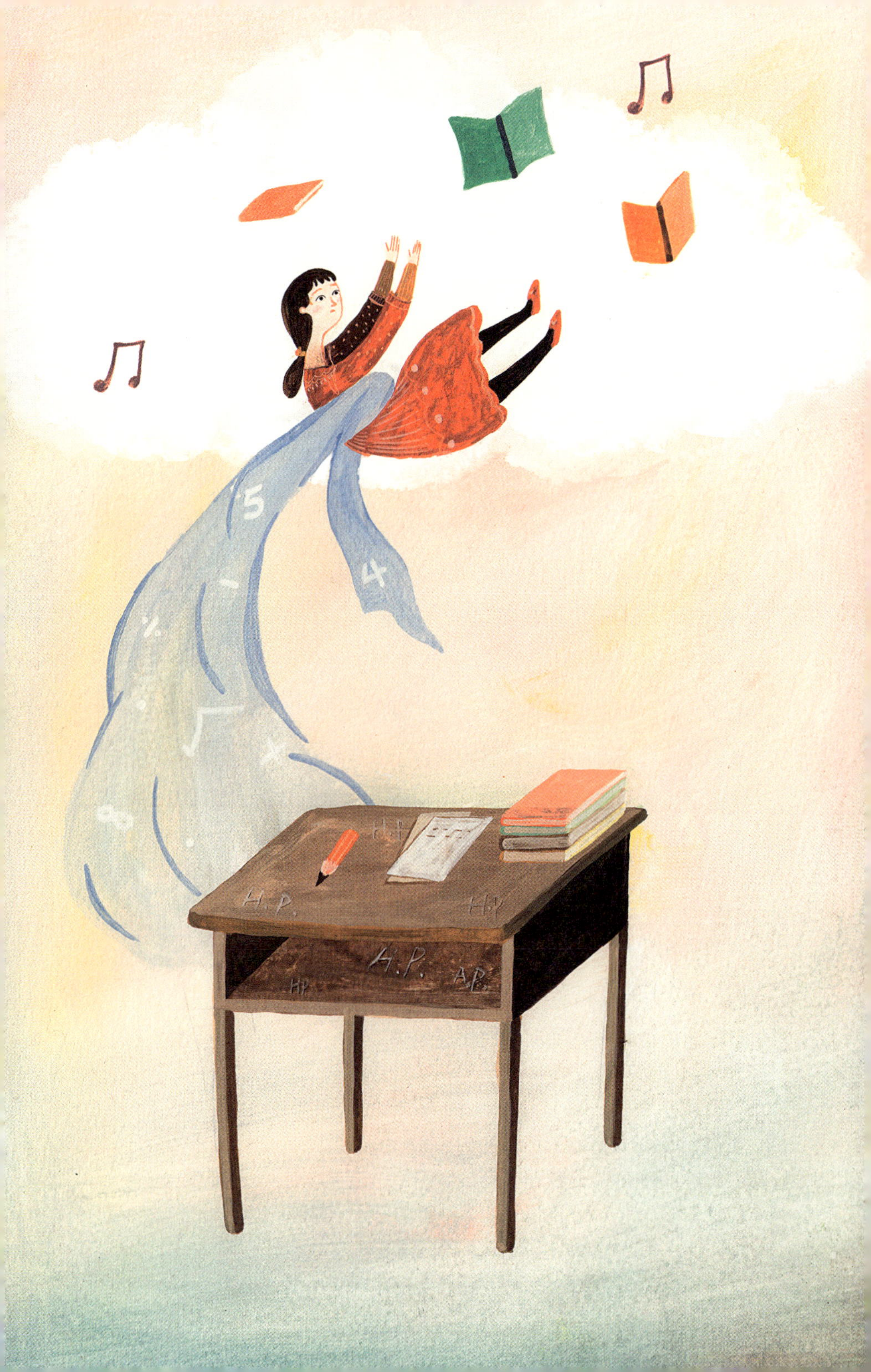

我知道，让我来告诉你吧。在这之前，她从来不知道自己在学校里到底要干些什么。她觉得在学校要做的就是从一个年级升至另一个年级，如今她不免隐约察觉到原来在这里她可以学会如何阅读、如何写作和计算，总的来说也就是如何思考，以便长大后可以自己照顾自己，这让她很惊讶。当然，只有等她真正长大后，才会完全意识到这些，不过此时隐约察觉到的事实让她觉得这一切很像学滑冰的过程，总有人会把你手中扶着的凳子移走，尽管你快摔倒了，这个人还是会说："现在，你要一个人滑了！"

老师停顿了一分钟，见贝茜没有再开口，便摇了摇一个小小的铃铛。"课间时间到。"她说。当孩子们穿上外套鱼贯而出时，老师尾随他们来到衣帽间，带上一顶暖和的红帽子，穿上一件红毛衣，然后自己也跑到室外。"谁跟我一边！"她喊道，只见孩子们都冲到了她的身后。贝茜起初还很担心课间休息时怎样和这些刚认识的同学打交道，不过现在她没时间害羞了，一眨眼的工夫，她就站在了一根长绳子的最尾端，前面站了很多同学，而绳子另一端则是老师和两个大男孩。她使尽全身力气拉着绳子，没有人奇怪地看着她，也没有人跟她说什么，只有和她站在同一边的拉尔夫在绳子的最前面大声喊道："加油，贝茜！"

他们拉呀拉，脚深深地扎进地里，身子倚靠在操场上凭空竖起的石头上。当老师他们猛地一拉，一下子就把绳子拉过去一点，这时拉尔夫便会大喊："大家使劲儿！"于是他们这边便用力地踩着地面使劲拽，绳子又会被缓慢地拽过来。所有的人都一直激动地齐声呼喊着。这时，一辆马车从旁边停住，一个块头大大的、肩膀宽阔的农夫大笑着从车上跳了下来。他把绳子的尾端放在肩膀上拽了起来，他一拽孩子们都站不稳了，他们脚下一滑就都摔在了地上。贝茜发现她也和这群气喘吁吁、满地打滚的孩子们滚在一起了，她尖尖的笑声甚至盖住了其他所有人的欢笑声。她笑得都站不起来了，这场拔河比赛的结果简直是匪夷所思。

这个大块头的农夫也大笑起来。"你们可没你们自己想得那么聪明！"他友善地揶揄着孩子们。不一会儿，他突然跳了起来，对着他的马儿惊呼道："停下来！"，原来马儿自己走动起来了。他不得不跟在后面使尽全身气力地跑着，好不容易追上马车后他勉强爬上去，赶紧拽住缰绳，在这个点上马儿几乎要飞奔起来。孩子们都哄堂大笑，拉尔夫朝着他喊道："看这边，内特叔叔，现在是谁把自己想得太聪明了！"说完，他转过身来面朝着站在身边的小姑娘们。"马儿刚才差不多要逃走了！"他说，"他可真是傻呀，把马留在那儿自己却过来玩。他老觉得自己很有趣。要是有一天马儿都跑了，不知道到时候他会在哪儿？"

贝茜心里在想，即便在这么奇怪的地方，这件事也算够怪的。那些经过那栋巨大砖石教学楼的成年人从来没有、哪怕只有那么一次地驻足过，寻思着要进来玩耍一下。他们甚至从来没有正眼看过孩子们，好像他们和孩子们并不属于一个世界。事实上，贝茜自己也觉得学校属于另一个世界。

"拉尔夫，轮到你去打水了。"老师说着顺手递给他一个水桶。"想一起去吗？"拉尔夫对着爱伦和贝茜语气僵硬地问道。爱伦和贝茜点了点头，于是他走在前面，这两个小姑娘跟在他后

理解贝茜
Understood Betsy

面。现在远离人群，贝茜觉得自己的害羞感像一片乌云罩在头上，她嘴唇发干，手脚冰凉。突然她感到不知是谁的暖暖的小手放在了她那冰冷的手里。她低下头，发现小莫丽正在她身边一路小跑，充满信任的蓝眼睛在看着她。"老师说如果你能照顾我的话，我可以和你一起去，"莫丽说，"没有比我们大的人带着走过那块横木的话，她是不允许我们一年级的学生自己去的。"

他们边说边走，一会儿就来到一条清澈的、水流轻快的小溪前，小溪上面横着一根很大的白桦原木。贝茜特别害怕把脚踏上去，只是现在小莫丽的手紧紧地攥着她，她不大好意思说自己害怕罢了。拉尔夫一下子就跳过了横木，在小溪的另一边不停地晃着手里的水桶，以表示这对他来说简直是小菜一碟。爱伦跟在后面虽然有点慢，但还是过去了，而现在，噢，弗朗西丝姑妈要是在这儿的话肯定不得了了！贝茜紧咬着牙，把莫丽拉到自己前面，她抓着莫丽的手，开始在木头上走。事实上，莫丽来来回回都有一百多次了，她在上面就像一只步伐稳健的小山羊，反倒是她让贝茜平衡住了。不过没人发觉，莫丽更是不知道。

拉尔夫用身旁树桩上的一个锡制杯子舀了一杯水喝，然后把水桶浸在一个清澈的深塘里，装满水后开始返回学校。爱伦也喝了几口水，然后就把杯子递给贝茜，贝茜害羞极了，连头也不敢抬。她们三个喝完水后，站在那儿好一会儿，气氛十分尴尬。爱伦开口了，她用细小的声音问道："你喜欢那些金色头发的娃娃吗？"

碰巧在这一点上，贝茜有自己明确的判断，只是从来没提起过，因为弗朗西丝姑妈不是真的喜欢娃娃，她只是陪着自己的侄女一起喜欢。

"不喜欢！"这个小姑娘用强调的语气回答道，"我真的非常讨厌看到那些娃娃的头发是金黄色的，太老套了！我喜欢那些棕色头发的娃娃，就像大多数生活中的小女孩那样！"

爱伦抬起眼睛，笑得非常灿烂。"我也是呀！"她说，"你家里的人就有一个很可爱的棕色头发的娃娃。什么时候你可以让我和她玩一会儿吗？"

"我家里人？"贝茜茫然地说。

"是呀，你的阿比盖尔姨婆和亨利姨爹。"

"他们有一个娃娃？"贝茜说，她觉得这简直是普特尼奇事中最离奇的了。

"是呀！"莫丽激动地说，"这个娃娃是普特尼夫人小时候的玩伴。她拥有世界上最可爱的衣服！她现在就在阁楼屋檐下的那个毛皮箱里。有一次我和妈妈一起去的时候，他们让我把她拿下来过。妈妈说她猜现在既然有个小姑娘在家里住，他们肯定会让她和这个娃娃一起玩的。要是你愿意的话，下个星期六我会把我的娃娃带过来。虽然她的头发是金黄色的，但她真的很漂亮。要是那天我爸爸去磨坊，他可以让我上午在你们那儿玩。"

贝茜可没怎么听明白上面的一番话，但此时上课铃响了，她们开始打道回府。就跟来的时候一样，小莫丽帮着贝茜跨过这横木，却以为自己是被领着过去的。

她们一路小跑回那个小屋里去，那么就此打住吧，因为关于他们的学校我已经介绍得够多了。它只是一栋外表简陋的乡村学校，教育局的官员们可不会多看它两眼，说不定还会对它嗤之以鼻呢。

第六章

如果你不喜欢书中的对话，跳过这一章！

贝茜一打开门，小猫就跑过来迎接她，小猫嘴里嘟哝着、弓着身子让贝茜轻轻抚摸着。

"你回来了，"阿比盖尔姨婆说，视线从放在膝盖上的一些苹果上抬了起来，"我想你一定饿了吧！快去拿块面包蘸着黄油吃，再拿个苹果。"

小姑娘坐在姨婆身旁大口咀嚼着干粮，姨婆问道："你分到的是个什么样的课桌呀？"

贝茜边回忆边把埃莉诺抱起来贴近自己的脸旁。"我记得是第二排顺数第三张桌子。"她在想为什么阿比盖尔姨婆会对这个感兴趣。"噢，我想那张桌子是你亨利姨爹以前用过的。他的父亲更早之前也用过。上面是不是刻了两个 H.P？"贝茜点点头。

"他父亲把 H.P 刻在了课桌盖上，所以亨利只好刻在桌肚里。

我还记得他刻字的那个冬天。就是从那个冬天开始,我母亲才允许我穿真正的衬裙。我当时坐在第三排的第一个位子上。"

贝茜咬苹果的速度越来越慢,她开始琢磨阿比盖尔姨婆说的话。与亨利姨爹和亨利姨爹的父亲比起来,摩西和亚历山大大帝感觉起来并没有显得更加古老!再想想,他们居然也曾是个小男孩,还用过那张桌子!她停止了嘴里的咀嚼,小脑袋放空了好一会儿。虽然她只有九岁大,但她居然感觉到了一阵小小的狂喜,这种奇特的感觉很多人都经历过。成年人在初次参观过罗马广场后,心里会有一种震颤,而面对这课桌,贝茜也有同样的感觉!

过了一会儿,她缓过神来,发现苹果肉还在她的嘴里,于是继续略有所思地嚼了起来。"阿比盖尔姨婆,"她说,"那是多久之前的事呀?"

"让我想想,"这个老太太边说边用令人惊讶的速度飞快地削着苹果,"我是1844年出生的,第一次去学校的时候六岁……那就是六十六年前了。"

和所有九岁的小女孩们一样,贝茜对六十六年有多长并没有多少概念。"那个时候乔治·华盛顿还健在吗?"她问道。

阿比盖尔眼睛含笑,使得眼周围的皱纹加深了,但是她在回答这个问题时并没有笑:"他去世已经有好长时间了,不过学校的房子还是在他健在的时候修建的。"

"真的呀!"贝茜说,她盯着姨婆,牙齿深深地咬在苹果里。

"真的。它可是山谷里第一间用锯好的木头盖起来的房子。你知道吗?当我们的先辈来到这里时,所有的房子都是用原木搭起来的。"

"真的呀!"贝茜大喊,嘴里满是苹果肉。

"怎么,孩子,你觉得他们得用什么来建房子?他们总得立马有个地方安身吧。锯木厂是到后来才有的。"

"关于这个我一点儿都不了解呀,"贝茜说,"快给我讲讲吧。"

"那你一定知道——你的哈莉特姑婆肯定给你讲过这个——关于我们的先辈1763年是怎么从康涅狄格州骑马过来的吧?和佛蒙特州比起来,康涅狄格州是一个有点历史的定居点,而佛蒙特这儿除了树、熊和斑尾林鸽以外什么都没有。我还听说过,这里的林鸽太多了,天黑后拿个木棒在树上一挥就能打得到,这就跟住在鸡窝里的母鸡一样。以前他们的食品柜里总有凉鸽肉馅饼,就像我们现在总备着甜甜圈一样。而且他们都用熊油来擦靴子,抹头发,因为这里的熊太多了。当然,这只是一开始的情况,不久后他们也就完全安顿了下来。在独立战争时期,熊的数量就变得很少了,林鸽也全部消失。"

"那么学校的房子,就是我今天去的那栋,是那个时候修建的吗?"贝茜觉得这难以置信。

"是呀,以前那房子有个很大的烟囱和壁炉。你知道,要经过好长时间室内用的灶才会被发明出来。"

"天啊,我还以为灶一直都有的呢!"贝茜惊呼道。这是她参与过的最惊人也是最有趣的一次对话。

阿比盖尔姨婆大笑起来:"哎呀,不是这样的,孩子!我记得那时只有特别有钱的人家里才有灶,穷人就是用个小炉子生点火做饭。我总是在想，他们把那个大烟囱和壁炉推倒了实在是很可惜，以后换上的那个大灶太难看了。可见这里的人对新奇的东西可真是着迷。不过不管怎么样，他们可拿不走窗台上的那个日晷。你肯定见过那东西，如果你是坐在面向老师的那张桌子后面的话，它就在靠你右手边中间的那面窗子上。"

"日晷，"贝茜重复道，"那是什么呀？"

"那个，就是显示时间的，当——"

"为什么他们不用钟呢？"小姑娘问道。

阿比盖尔姨婆大笑："哎呀，以前在这个山谷里好长时间都没有钟，只有村里面最有钱的沃顿家里有一台。每户人家的窗台上都刻有日晷。我们家食品储藏室的窗台上也刻有日晷。来，我带你去看看。"她好不容易才站起身来，托着那盘苹果，脚步敏捷地挪到灶那边去，走动的时候地板依然在震动。"不过你得先看看我是怎么做苹果泥的，这样的话你也就会做了。"她先把锅放在炉子上，接着把茶壶里的水倒了一些在苹果上面，然后盖上盖子。"走，咱们去食品储藏室。"

她们走进一间弥漫甜香味、四壁刷得雪白的小房间。里面的架子上摆满了各种各样的瓶瓶罐罐，里面储存的全部是牛奶和蜜饯。

"你看！"阿比盖尔姨婆边打开窗户边说，"这个不如学校的那个好，它只能告诉你什么时候是中午。"

贝茜盯着窗台上深深的划痕，满肚子的疑惑。

"你看明白了吗？"阿比盖尔姨婆说，"当影子到了标记的那个刻度的时候，就到中午了。其余的时间你得根据影子跟刻度之间的距离来判断。我来猜猜现在的时间，看差得远不远。"她认真地看着那个记号，然后说："我猜现在是四点半。"然后她回头瞟了一眼厨房里的钟，说道："哼！居然五点十分了！要是我奶奶猜的话，大概只有五分钟的误差。唉！有时候我在想，只要一弄进来一台新机器，咱们的智商就要下降好几点！比方说我现在无法想象没有火柴用的生活！但是在火柴发明出来以前，人们还不是过得好好的。这让我觉得自己够笨的，好像离了那堆松木棍儿和硫磺石就不能活了。来，贝茜，拿块饼干吃。我可不允许一个小孩子到了食品储存室却连块饼干都不吃。哎呀！有个小孩子在身边，人好像也重生了一样！"

贝茜手里拿着块饼干，思绪却还停留在对话上，她大声说："不用火柴的话，人们怎么生活啊？我们必须得用火柴呀。"

阿比盖尔姨婆没有急着回答这个问题，而是回到了厨房里。她又抬头看了看钟，"看，现在该准备晚饭了。我们把家务活分了工，安负责准备午饭，我负责晚饭，早饭就自己准备自己的。你愿意帮安准备午饭呢还是帮我负责晚饭呢？"

贝茜对帮忙做饭一点儿概念都没有，不过现在面对这突如其来的两个选项，她很快就做了决定，她可不愿意和安姨妈待在一起，所以她大声地宣布："好的，我愿意帮姨婆您准备晚饭！"她回答的速度之快显得她无比的真诚与迫切。"哎呀，太好了，"阿比盖尔姨婆说，"我们要先摆一下桌子。不过你得先去看看那个苹果泥怎么样了。听那沸腾声好像煮得太过了。你最好把那个锅往里推一点,让它稍微煮慢一点。那边的挂钩上有夹子可以用。"

贝茜手里拿着个夹子,内心无比胆怯地一步步地挪到灶台前。以前可是没有人指望她来处理这些滚烫的东西的。她不安地回头看了看阿比盖尔姨婆,但是老太太只是背对着她,忙着打理餐桌上的东西。她小心翼翼地用夹子夹住锅的柄,再小心翼翼地把它猛地往里面推。完毕后,她站在那儿好一会儿,心里充满了对自己的敬仰之情。她完全可以做得跟别人一样好嘛!

"那个,"阿比盖尔姨婆说,好像记起了贝茜刚才问到的那个问题,"就跟用枪似的,每个人都能用打火石和火镰打出火星来。只要朝一个正确的方向不停地击打,总会飞溅出火星来,到时候你用块绒布接住它,绒布会慢慢地烧起来,接着你不断地吹绒布直到出现一点微弱的火焰,然后再把削得小小的干的松木片扔进这火焰里,慢慢地火就生起来了。"

"但是这可要花好长时间呀!"

"生好了的火可以燃烧很长一段时间,你没有必要经常这么做。"阿比盖尔姨婆爽快地回应道。她中断了这个话题转而说,"你把银餐具拿出来摆好,我来做奶油土豆。每个座位上餐刀和叉子各摆一把,汤匙摆两个——这些东西都在那个抽屉里,盘子和杯子在柜子上的玻璃门后面。今晚我们还是喝热可可。"

这小姑娘听完姨婆极其随意的发号施令后,像被催眠了一般,赶紧手忙脚乱地摆弄起刀叉来,而姨婆则继续说道:"哎呀,火那样被生起来后,是不会就此熄灭的。一个有点常识的人都知道晚上怎么用炉灰封住炉子,让火不熄灭。早上一起来,你就要蹲在地上,把炉灰非常小心地拨到一边,直到露出依然滚烫的煤。之后你用风箱鼓气,再把干的松木屑倒进去——别忘了摆玻璃杯——然后你再缓慢地吹气直到火突然亮了,木屑也着了,这样你的火就又被点着了。对了,餐巾在第二格的抽屉里。"

贝茜继续摆着桌子,陷入了深深的思索中,她在脑海里想象着先人们的生活。她把餐巾都摆好后又说:"但时不时地那火总有可能会熄掉的吧?"

"确实是这样,"阿比盖尔姨婆说,"有时候是会熄掉,那个时候就会派一个小孩子到住得最近的邻居那儿借点儿火。他们会把一个带盖子的铁锅绑在一根长长的山核桃木上递给这个小孩,然后小孩会跑过一大片的树林——那时周围全是树——到最近的邻居家借火,等他们先生起火来,然后给那铁锅里装满烧着的煤;之后——别忘了摆盐和胡椒粉——这个小孩会用最快的速度跑回来,确保在煤燃尽之前能进屋来。贝茜,我觉得这苹果泥里面该加糖了,你来加糖,好吗?我现在忙着和饼干泥,抽不开手。糖在橱柜左边的抽屉里。"

"天啊!"贝茜大喊,显得特别焦躁,"可我对做饭一窍不通呀!"

阿比盖尔姨婆大笑,她用满是面粉的手把一缕银色的卷发捋到耳后:"你总知道怎么往你的热可可里面加糖吧?"

"但是我得加多少糖呢?"贝茜问道,她叫嚷着希望得到准确的指示,这样她就不用动脑筋了。

"噢,味道差不多的话就可以不加了,"阿比盖尔姨婆漫不经心地说道，"关键是要符合你的味道，我想我们怎么样都可以。你可以用那个大汤匙搅拌。"

贝茜揭开盖子，边加糖边搅拌，她每次只加一小汤匙的糖，但是她很快就发现这样加对味道一点影响都没有。于是，她一次倒入一茶杯多的糖，再用大汤匙用力地搅拌。然后她又尝了一口，这次好多了，但是量还是不够。于是她又加入一汤匙多的糖，再次尝一尝。她的表情显得非常专注，眉头紧锁，双眼凝视前方：这可是为一家人准备苹果泥，责任重大呀。这回她觉得味道还不错，但是恐怕还得再加点糖。她又添了一小汤匙糖，这个味道就对了！

"弄好了吗？"阿比盖尔姨婆问，"可以把锅拿起来了，把里面的东西都倒进那个黄色的大碗里，然后把碗放在你的座位面前。这个苹果泥是你做的，那就由你来帮我们添吧。"

"已经做好了？"贝茜问，"你们不会就是这么做苹果泥的吧！"

"那还能怎么做？"阿比盖尔姨婆问。

"我是说……"贝茜惊讶地说，"我不知道做饭原来这么简单！"

"做饭是世界上最简单的事。"姨婆郑重地说，眼里闪过无法掩饰的笑意，眼角的皱纹也愈发明显了。

亨利姨爹忙完谷仓里的活儿后回来了，后面跟着老谢普。安姨妈也从楼上下来了，她一直在用缝纫机忙活着，那声音像只嗡嗡叫的大蜜蜂。当他们俩听说这桌子是贝茜摆的，苹果泥也是她做的时候，显得很惊讶。他们都说这苹果泥实在是太好吃了，吃完一碟后又把碟子递过来让小姑娘再添点。贝茜自己吃了三碟儿，她暗自认为这是有史以来做得最好吃的苹果泥。

吃完晚饭后，姨婆把碗碟都洗涮干净，贝茜也帮忙收拾整理了一会儿，然后他们四个人围坐在那张铺着红布、放着一盏大台灯的桌子旁边。安姨妈在下午做好的一件衬衣上钉扣眼，阿比盖尔姨婆在补几只袜子，而亨利姨爹则在修补一张马鞍。谢普躺在那张沙发上睡着了，鼾声震天。最后大家都受不了那震天的声音了，安姨妈就戳了戳它的肋骨，它立马醒了，鼻子还呼哧呼哧地吸着气，嘴巴里发出嘟哝嘟哝的声音，眼睛则温顺地注视着四周。这样的场景一晚上发生了好多次，贝茜每次看到后都会大笑。她拥着埃莉诺，它一声呼噜也没打，只是喉咙深处发出如同鸣叫中的茶壶那般美妙的呜呜声，针尖般的爪子时不时地打开，抓抓贝茜的裙子。

"那个，今天在学校里怎么样？"亨利姨爹问。

"我用的是您以前的那个课桌。"贝茜说，她好奇地打量着他，他的头发花白，一张饱经沧桑的脸上布满了皱纹，她努力地想象他在拉尔夫那般大的时候会是什么样子。

"真的呀？"亨利姨爹说，"那可是一张很好的课桌！你注意到桌子最上面那个很深的凹槽了吗？"

贝茜点点头。她刚看到的时候就在纳闷那是干什么用的。

"说起这个嘛，它就是过去说的铅笔桌子。那时候可不能到商店里去买东西，因为压根就没有商店，你知道他们是怎么弄到铅笔的吗？"

贝茜摇摇头，猜都猜不着。她觉得铅笔好像就是自己长在商店的玻璃橱窗里的，可从没想过它们是怎么冒出来的。

"好的，阁下，"亨利姨爹说，"那就让我来告诉你吧。他们会从那一大块用来做子弹的铅块上削下小小的一片，然后把它放在学校的火炉上面炙烤直到化成一滩铅水，接下来再把它倒入凹槽中。等冷却下来后，便会出现一根坚硬的铅条，尺寸几乎和我们今天使用的铅笔一样大小。他们会把铅条切得更小一点，这就是当时人们用的铅笔了。哎呀，当时的人比现在的人会生活多了。"

"为什么没有商店啊？"贝茜问。她不能想象没有商店的日子。

"当时又能从哪儿进货呢？"亨利姨爹解释道，"每一样东西都得用马从奥尔巴尼或者是康涅狄格驮过来。"

"那么为什么不用马车来运呢？"贝茜问。

"要用马车首先你得有条开辟出来的路可以走吧？"亨利姨爹回答道，"过了好久这儿的路才通。你得知道，在这么一个满是树林、小山丘还有沼泽地的山村里开辟一条道路是多么麻烦的一件事。如果你的屋跟周围最近的一个定居点之间有条还不错的小路的话就非常值得庆幸的了。"

"好了，亨利，"阿比盖尔姨婆说，"你该歇歇了，讲过去的事讲得那么久，贝茜都插不上嘴回答你提的那个问题，快让她说说她在学校里怎么样了。"

"哎呀，我可是彻底地懵了！"贝茜抱怨道，"我简直不知道自己现在是怎么回事！我上二年级的算术课，三年级的拼写课和七年级的阅读课，现在还不清楚那个写作课是什么状况。我们以前上学的地方可没出现过这情况。"

听了她这话，没人觉得有什么大不了的，甚至没人表现出一点儿兴趣。亨利姨爹确实听进去了她的话，不过他只是说："七年级的阅读课，"他转向阿比盖尔姨婆，"哎呀，孩子她妈，要不今天晚上让她给我们读点什么？"

阿比盖尔姨婆和安姨妈同时放下手中的针线活大笑起来，安姨妈说："太好了，爸爸，她保不准还能陪你下下跳棋呢！"阿比盖尔姨婆给贝茜解释道："你亨利姨爹要是晚上手里有活儿干，他就老指望着别人给他大声读点书里的东西，要是闲下来，他就像只坐立不安的快要下蛋的老母鸡，非得和人下跳棋不可。安非常讨厌下跳棋，我又没什么时间。"

"哎呀，我可喜欢下跳棋了！"贝茜说。

"太好了，现在……"亨利姨爹立马站了起了，把手里修到一半的马鞍扔在桌子上，"我们来下一盘吧。"

"爸！"安姨妈用惯常对待谢普的那种语气说，"那条马鞍上的带子就那么扔在那儿怎么行！你知道那是不安全的。要不你先把它修补好？"

亨利姨爹随即又坐了下来，那表情看上去跟被安姨妈从沙发上叫起来的谢普一模一样，他重新拿起针和锥子。

"我想我可以大声地朗读点什么，"贝茜说，心里有点可怜他，"至少我想我可以，不过我只在学校读过。"

"那我们读点什么好呢，孩子她妈？"亨利姨爹热切地问道。

"我不知道呀。先看看书架里有些什么吧，"阿比盖尔姨婆说，"要穿过走廊到别的房间去拿书太冷了点。"她倾身向前，用胖胖的手指掠过那一排排有些残破的老书，然后抽出一本蓝色封面、有点磨损的书，问："司各特的书怎么样？"

"好极了！"亨利姨爹说，眼中闪烁着愉快的光芒，"就读读《牡鹿的傍晚》吧！"

至少在贝茜听来，他说的好像是这几个词。她拿起书翻到阿比盖尔姨婆指定的那个地方，正确地读了出来，尽管听上去声音显得怯弱和迟疑。可以让一个大人心情愉快，她感到非常地自豪，因为此刻亨利姨爹表现得这么开心。但是读书给人听还是想都不敢想的事，她以前朗读都是让老师给纠错的。

傍晚，一只饮水的牡鹿满心欢喜，

这时，皎洁的月光荡漾在漢南溪，

她就这样开始了，此刻她好像踏入一只小舟，被一股巨浪卷着往前划呀划。她并不知道所有词的意思，也有很多词的读音把握不准，但是没人打断她。她读呀读，被诗中强有力的韵律控制着，那富有变化的、清脆的韵脚推着她往前进。亨利姨爹随着她起伏的节奏摇晃着脑袋，时不时地停下手中的活，用明亮、真诚的双眼瞧向她。他显然熟记诗中的某些部分，时不时地，有一两个诗节，你能听到他的声音加入到小姑娘的声音中来，他们齐声诵读道：

此时它听到一阵叫喊，

随着逼近的追逐显得愈加厚重，

然后领头的敌人随之出现，

勇敢地一跃，它跳过这灌木丛。

读到最后一行时，亨利姨爹情不自禁地张开了手臂，小姑娘感觉那只纵身一跃的牡鹿好像就出现在她的眼前一样。

"我看过跳跃中的牡鹿，确实就像里面写的那样，"亨利姨爹打断到，"一只两三百磅的牡鹿就那么轻巧地跃过一个四英尺高的篱笆，就跟风里飘动的一根羽毛似的。"

"亨利姨爹，"贝茜问道，"什么是灌木？"

"我不知道啊，"亨利姨爹随意地说道，"一定是林子里的某种植物，很有可能是那些低矮的草丛之类的。你可以根据上下文来猜猜那些不知道的词语的意思。咱们继续。"

绵延不绝，自由而悠远，

小姑娘重新开始诵读这诗篇。随着诗歌越来越激烈，她也越读越快。亨利姨爹也加入了进来：

精疲力竭，它艰难地行进，

口吐白沫，它满身的污泥，

每口喘气声中都带着啜泣，

辛劳的牡鹿全身绷紧。

小姑娘的心剧烈地跳动着。她横冲直撞地读完这几行，偶尔会被那些艰深的词汇绊一下，不过她觉得这就好像是在森林里前进一样，难免会遇到一些树桩。亨利姨爹突然以一种胜利的语气喊道：

狡黠的猎物躲过撞击，

绕过迎面而来的巨石；

理解贝茜
Understood Betsy

飞奔直入那幽暗的峡谷，

消失在猎狗和猎人的视线中，

在深邃的特罗萨克斯湖的静谧处，

有它孤独的藏身地。

"天啊！"贝茜放下书惊呼道，"它最后逃掉了吧？我真担心它逃不掉！"

"我现在听见那些狗在外面嚎叫，你听到那声音没有？"亨利姨爹说。

确实可以听见一群猎狗在外面吼叫的声音。

"有时候在后面的铁杉山上，你能听见它们的声音在往坡上移动，那是它们正在追逐一只鹿。"

"我们来点爆米花吧？"阿比盖尔姨婆提议道，"贝茜你愿意给我们爆点爆米花吗？"

"我从没做过。"小姑娘回答道，但是语调不像以往惯常的那般迟疑。她心中隐约萌发出这种想法，没做过不一定意味着不会做。

"我演示给你看。"亨利姨爹说。他伸手从墙上挂着的黄溜溜的玉米串上取下几根玉米，他和贝茜一起掰好玉米，丢进爆玉米机里，之后雪白的爆玉米花就出来了，再拌上黄油，加点盐，就可以端到桌子上去了。

她正吃着第一口美味诱人的爆米花时，门开了，一颗戴着皮帽子的脑袋挤了进来。一个男人的声音说道："晚上好，伙计们。我不能久留。我刚到村里，就是想顺路看看你们有没有什么要寄

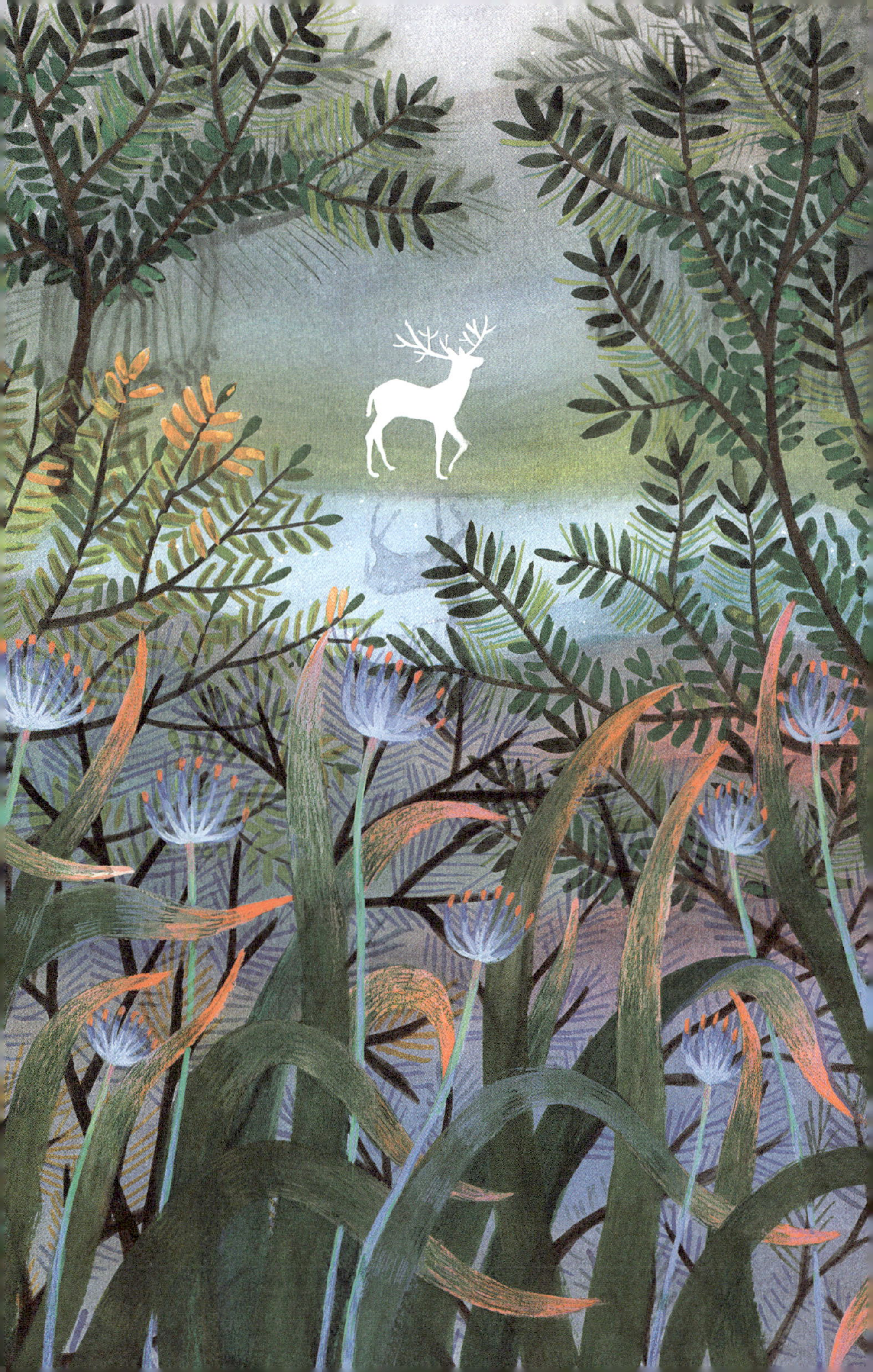

的。"说完，他把一摞报纸和一封信投掷到桌子上就离开了。

信是寄给贝茜的，来自弗朗西丝姑妈。当亨利姨爹看报纸的时候，她自己就读了读这封信。弗朗西丝姑妈写到，当她得知莫丽小姨并没有收留贝茜时，她感到无比震惊，还说绝不会原谅莫丽的冷酷。而且她发现她的小宝贝现在正住在普特尼农场，她全身的血液都凉了！这太可怕了。但是这段时间也只能这样，因为哈莉特姑婆病得非常厉害，贝茜得自己坚持住，做一个勇敢的小孩。过不了多久，是的，姑妈一定会尽快地把她接走。"亲爱的，不要老是哭泣，一想到你在那里，我的心都碎了！一定要高兴起来！为了你分身乏术的亲爱的姑妈，你一定要坚持住。"

贝茜从信上抬起头来，注视着坐在桌子另一边的阿比盖尔姨婆，她脸颊红润、布满皱纹，正低头专心地补着袜子。亨利姨爹放下报纸，抓起一大把爆米花塞进嘴里，用手默默地打着拍子。吃完嘴里的爆米花，他喃喃道：

一百只狗儿吠声震天，

好似百匹骏马绝尘而过。

老谢普这会儿醒了，鼻子呼哧呼哧地吸了吸，阿比盖尔姨婆喂了它一把爆米花。小埃莉诺在睡梦中颤了一下，伸了个懒腰，打了个哈欠，然后又在小姑娘的腿上缩成一团。贝茜可以感觉到小猫恬梦里那富有节奏的呼吸。

阿比盖尔姨婆抬头问道："信已经看完了？希望哈莉特的病情没有恶化。弗朗西丝说了什么？"

贝茜的脸刷地一下变得通红，赶紧将那封信攥在手心。不知道是什么原因，她觉得很愧疚。"弗朗西丝姑妈说……弗朗西丝姑妈说……"她支支吾吾的，"她说哈莉特姑婆病得很厉害。"她停顿了一下，长吸了一口气，继续说道，"她向你们问好。"

显然弗朗西丝压根就没这么做，这是一个弥天"小"谎。但是贝茜管不了这么多。她只是觉得这么说会让心中的愧疚感减轻一点，虽然她也不知道这是出于什么原因。她往嘴里塞了一口爆米花，然后轻轻地抚摸着埃莉诺的背。

亨利姨爹站起身，舒展了一下身体。"大伙儿，现在该去睡觉了。"他说。接着他去调拨着钟的发条，贝茜听到他低语道：

当太阳染红这世界……

第七章

贝茜考试不及格

我在想你是否可以猜出这个小女孩的名字,一个月以后,她已经可以独自穿行于融雪覆盖下的树林,一只黑色的大狗在她的身边不停地晃悠。是的,一个人走过树林,身边还有一只特别可怕的大狗,她却一点儿都不害怕。你觉得这有可能会是贝茜吗?不管她是谁,现在她显然心事重重,因为她越走越慢,而且当这狗跳起来祈求一个爱抚时,她就敷衍地拍拍它的头。穿过林中小径来到一片宽阔的空地,一座粗糙的木板小屋出现在眼前,小女孩停住了脚步,低着头,紧张地用脚在雪地上划来划去。

不错,那天学校里确实发生了一件可怕的事。上层教育监督部门的领导,也就是位高权倾、从来没露过面的那位,今天莅临学校,说是要让学生们参加考试检验一下教学质量。

你应该知道考试对贝茜来说意味着什么。不知道我给你们提起过这个没有？

要是没有的话，那是因为我找不到合适的话语来描述这种情绪。对贝茜来说，我实在想不出还有什么比考试更令她恐惧的事情。多年以前甚至在她尚未进入学校的时候，弗朗西丝姑妈给她讲起自己小时候害怕考试的事儿。姑妈说自己会嘴唇发干、耳鸣、头痛、双脚发抖、大脑一片空白，以至于根本记不得二加二等于多少了。当然贝茜第一次参加考试时可没一下子染上这么多症状，当她感觉到些许症状时，她就立马告诉弗朗西丝姑妈那有多么的难受，随即她们就会互相安抚、仔细对比研究那些毛病，最后再为随之而来的糟糕的考试结果洒下两滴热泪。而且，弗朗西丝姑妈有过的症状贝茜都有，她甚至还发明出很多专属于她自己的毛病。

那天下午当领导在场时，她以前的那些症状全部上演了。她口舌发干，两只膝盖直发抖，胳膊肘有气无力，好像里面全是血肉而没有骨头，两眼酸胀，天啊，她写的都是些什么鬼答案呀！只要领导一看向她，她就感到巨大的恐慌扼住自己的喉咙，这种丢脸的情况反反复复十来次。一想到这里，她就忽冷忽热的，感到自尊心受到极大的伤害。平时她在学校的表现多好啊，从来她都是被同学崇拜的，现在他们该怎么看她呀！说实话，当她穿过林中小径回家时，就一直在哭，可委屈了。到现在眼睛还是红肿的，喉咙哽咽。

她又要把这痛苦的经历重新给普特尼一家讲述一遍。她当然会这么做，以前学校里发生的一切她都会跟弗朗西丝姑妈讲。当

理解贝茜
Understood Betsy

她回家时，碰巧阿比盖尔姨婆正在打瞌睡，所以她走出来，到制浆室里去找安姨妈和亨利姨爹，他们正在里面制糖浆，她得用最快的速度把自己的遭遇一吐为快。她努力拖着双腿，垂头丧气地走到那个小木屋门口，推开门。

安姨妈穿着一件很旧的短裙子，披着一件男式外套，穿着高帮橡皮靴，正往那熊熊的火焰里加木头，大平底锅里的糖浆正沸腾着。这间简陋的棕色小木屋里全是白色的蒸汽，溢满了那最香甜的热枫糖浆的味道。安姨妈转过头来朝小姑娘点点头，高温使她的脸涨得通红。

"贝茜，你来得正好。我特地为你留了一杯热糖浆，等一会儿可以做白雪映枫糖吃。"

贝茜根本没听清楚安姨妈的话，尽管她从第一口起就迷上了白雪映枫糖。"安姨妈，"她沮丧地说，"教育局的领导今天下午到我们学校来视察了。"

"是吗？"安姨妈边说边把一个温度计插进沸腾着的糖浆中。

"是的，我们还考了试！"贝茜说。

"是吗？"安姨妈这会儿把温度计举到光线好的地方边看边说。

"你也知道那些考试该多让人沮丧。"贝茜几乎又要流眼泪了。

"为什么，不会呀，"安姨妈整理着那些糖浆罐儿说，"那些考试从来没让我沮丧过。我觉得还挺好玩的。"

"好玩！"贝茜痛心疾首地大喊道，立刻从掉泪的边缘上惊了起来。

"是的，就跟冒险一样。有人想让你在跳高柱子的时候摔一跤，你就是得跳给他看；有人让你去拼写'pneumonia'肺炎，拼写很复杂的词汇。这种词，你还必须得拼给他看。这是你的热糖浆，趁它热的时候快出去淋在雪上面。"

贝茜木木地把杯子握在手里，看都没看一眼："不过当你紧张害怕的时候，根本拼不出'pneumonia'或是别的什么！"她颇有感触地说着，"我就是这样的：嘴唇发干，两腿……"她突然停住，记起安姨妈根本没有类似经历，"不管怎么样，我就是太恐惧了，最后站都站不起来！犯的错误太严重了——其实我明明知道答案！但拼写'doubt,怀疑。'的时候少了一个b,'separate,分隔、分离。'的时候少了个e，我还说爱荷华州的北边跟威斯康辛州挨着，我还……"

"好了，"安姨妈说，"如果你真的都知道正确的答案的话，这些都没什么要紧的，不是吗？这才是最重要的。"

对这种观点，贝茜闻所未闻，一下子还难以接受。她只是哀伤地摇着头，继续用忧伤的调子说："我还说十三加八等于二十二！我写March，三月，月份的首字母在英语中需要大写的时候M居然没有大写，我……"

"贝茜，看这边，你要和我说的真的就是这些吗？"安姨妈这种快速、果断的声音曾经一度使每个人——包括老谢普——睁开双眼、提高警惕。贝茜集中注意力，努力思考着，她最终得出一个意想不到的结论：不是的，她并不是发自内心深处地想把这些事一股脑儿地讲给安姨妈听，那为什么她要这么做呢？因为她觉得她理应这么做。"要是你不是真心地想讲这些给我听，"安姨妈继续说，"我看不出来这对我们有什么用。即使你真的忘记了'doubt'里面的b，我想铁杉山还是会站在那儿好好的。还有，要是你不赶紧把这热糖浆拿出去浇在雪上面，它很快就会冷掉的。"

说完安姨妈便转身倒腾起炉子里的火来，恍惚间贝茜已经走出了门外。门砰地在她身后关上，天空清澈湛蓝，太阳悬在铁杉山的山顶。她抬起头来注视着远处的山脉，光影和积雪使得苍翠的远山好似裹上银装，她寻思着姨妈说的话：铁杉山当然会好好地站在那儿。但这话难道有什么深意吗？它跟她的算术课、跟其它任何事有什么关系呢？她的算术是彻底地考砸了，不是吗？

她在一棵松树下方找到一堆干净的雪后，就先把杯子放到一边，然后使劲地摇晃着树上的积雪，待雪在地上堆积起来，她就可以把糖浆洒在上面了。此时还只是三月末，但太阳却未免有点过分炙热，烤得这棵树散发出浓郁的松香味。身旁的那棵枫树上挂着一个桶，而树液正滴滴答答地流进这半满的桶里。一只蓝松鸦嗖地一下从树梢飞过，它那啾啾的清脆叫声好似一群正在嬉戏的孩子。

贝茜拿起杯子，将浓稠的热糖浆浇了一些在这结实的雪面上，她边倒边用糖浆画着圈、打着弧，它马上就凝成了固体状。她挑起一大圈硬糖浆，头往后倾，将它扔进嘴里。瞬间满嘴都是夏日的甜蜜：一半是溢满芳香的火热，另一半是雪融般的冰爽。她用儿童坚硬的牙齿将它咬碎，这些小碎块在她嘴里聚成一大块，味道是如此的美好，她好似做梦般地吮吸着。她的视线落在远远的铁杉山上，白雪在金色的阳光下闪闪发光。亨利姨爹答应过她，只要雪一融化就带她到山顶上去。她琢磨着一座山的山顶到底该是什么模样。亨利姨爹说过，只要登上山顶，你就能够俯瞰全世界，到时候，你自己的房子、大谷仓以及辽阔的田地看起来就特别奇怪了，都跟不起眼的玩具似的。

这时她听到一声呜呜的哀鸣，转眼间谢普冻得冰凉的鼻子就塞到她的手里。原来老谢普也想吃白雪映枫糖呀！它可喜欢吃这个了，虽然牙齿总是被粘住！她又倒了一点糖浆在雪上，然后把做好的冻糖浆分了一半给谢普。它的嘴巴马上就被紧紧地粘在一起，它边摇着脑袋边用爪子挠来挠去，直到贝茜开怀大笑。之后它费劲地把嘴巴张开，用很大的声音夸张地咀嚼着，摇头晃脑，嘴张得大大的，好让贝茜瞧见它那白牙红嘴上已经融化、黏稠欲滴的褐色糖浆。一口把糖浆咽入肚中后，谢普又呜呜地向她继续讨要，还用前爪轻轻地蹭着小姑娘的裙子。"天啊，你吃得也太快了点吧！"贝茜喊道，不过她还是和它分享了自己的那份。太阳这时已经下山，铁杉山笼罩在藏青色的阴影中。黄昏降临，山现在看上去显得更加巍峨，若隐若现间直达天穹，难怪从山顶往下看房子都会变得那么小。贝茜吃完最后一口糖，眺望着远处寂静、耸立的山脉。虽然她依然不明白安姨妈为什么会提及铁杉山，那和考试又有什么关系呢。不过我觉得吧，在理解及认识问题上贝茜有了个很好的开始。

当她拿起杯子正要转身回制浆室时,谢普突然咆哮一声,立身站住,耳朵和尾巴都竖了起来,眼睛朝着路的下方看去。在清澈的蓝色暮光中,有个什么东西正往这边移动,还伴随着奇怪的声音,听上去就跟人的哭声似的。真的是有人在哭!而且还是个孩子的哭声,是个很小、很小的小女孩……

贝茜现在能看到她了。她一点点地拖着步子,心都快要哭碎了,原来是小莫丽啊,就是贝茜在学校里要照顾的那个孩子,贝茜每天都要听她朗读。贝茜和谢普马上跑到她跟前:"发生什么事了,莫丽?怎么了?"贝茜蹲下来抱住这个哭得稀里哗啦的孩子,"你是摔着了吗,还是把自己弄伤了?你怎么到这儿来了?迷路了吗?"

"我不想走!我不想走!"莫丽紧紧地依偎着贝茜,一遍遍地重复着这句话。过了好久贝茜才使她平静下来,试着弄明白到底发生了什么事。贝茜从莫丽的抽泣声中得知,原来她妈妈突然生病住院,家里没人照顾她,所以她得被送到城里的那几个陌生的亲戚那儿,他们根本不欢迎她,甚至都直截了当地这么说了。

唉,贝茜太了解这种感受了!她的心中立刻溢满了同情。有这么一刻她好像又站在莱斯罗普小姨家门口,而莱斯罗普夫人正不怀好意地从窗户向外伸出她那颗满头白发的脑袋。她立即忆起那种没人要的凄惨感觉。她知道小莫丽为什么要哭!她把自己的双手紧紧地握在一起,下定决心一定要帮助小莫丽。

你知道她不假思索地马上采取了什么行动吗?她没有冲到阿比盖尔姨婆那儿抬眼恳求帮助。她也没有坐等亨利姨爹回来,因为他得将小桶里的糖浆统统都倒进雪橇上的那个大桶里。她用最快的速度跑到仍在制浆室里的安姨妈跟前。我也不能告诉你为什么她想要尽快找到安姨妈,为什么她那么肯定只要安姨妈了解事情的经过,一切就都会好转(还是因为安姨妈就是安姨妈)。不管原因是什么,贝茜采取的行动最后证明是正确的,因为虽然安姨妈没有停下来亲亲莫丽,甚至只是目光锐利地扫了她一眼,但是几分钟后,在边往瓶子里注入枫糖浆边封紧瓶口时,姨妈说:"这样,如果她的亲戚愿意让她留在这儿的话,要不让莫丽和我们住在一起吧,直到她妈妈病愈出院,好吧?现在你有自己的房间,你要是愿意的话,就让她和你一块儿睡觉吧。"

"太好了,莫丽,莫丽,莫丽!"贝茜蹦蹦跳跳地大喊着,然后使尽全身的力气抱了抱小女孩,"噢,我简直像有个小妹妹了!"

安姨妈干巴巴地警告道:"你可别太肯定她的那些亲戚愿意让她待在这儿。我们对他们可是一无所知。"

贝茜跑到她跟前,握住她的手,抬起头来用那双明亮的眼睛看着她:"安姨妈,要是你去见见他们,再跟他们说一声的话,他们肯定会愿意的!"

安姨妈当即莞尔一笑,但很快便又一脸严肃地说道:"贝茜,你们最好赶紧回去,帮着姨婆准备晚饭的时间就要到了。"

在夜色渐暗的树林里,两个孩子一路小跑,谢普跑在她俩前面,小莫丽紧紧地抓住贝茜的手:"贝茜,在这个树林子里走你不觉得害怕吗?"她钦佩地问道,两眼怯弱地看着四周。

"我不怕！"贝茜安抚道："没什么好怕的，除非在狼坑旁的那条岔路口走错了道。"

"天啊！"莫丽惊叫到，"狼坑是什么啊？这名字也太可怕了！"

贝茜大笑。她试着让自己的笑声听起来像安姨妈的那样勇敢，姨妈的笑总感觉好像在嘲笑怯弱的人。其实她开始担心她们俩走错道了，她不太肯定自己能找到回家的路。不过她没在这上面过多纠结，只是走得飞快，透过暮色凝视着前方。"噢，那跟狼可没有一点关系，"她回答着莫丽的问题，"至少现在是没什么关系的。它就是地上一个又大又深的洞，是一条小溪给冲出来的，亨利姨爹带我来看的时候这样告诉我的。后来顶端有部分塌陷，有时候整个夏天，顶端没塌陷的那个角落里全是冰，阿比盖尔姨婆是这么说的。"

"那为什么你要管它叫狼坑呢？"莫丽边说边贴着贝茜走，手还紧紧地攥着贝茜的手。

"噢，是这样的，很久之前第一批定居者到这儿来的时候，他们在夜晚听到一只狼的嚎叫声，这声音到早上还没消停，于是他们就寻声来到山上，发现一只狼跌进坑里爬不出来了。"

"天啊！我真希望他们把这狼给杀了，让它不要出来祸害人！"莫丽说。

"亲爱的！那是一百多年前的事了。"贝茜说。不过她的心思可全不在这话上。她心里琢磨着这会儿要是走对路的话，她们早该到家了。回家的那条路是一直往山下走的，而现在走的这条路好像往山上行了一点,而且她在想谢普跑哪儿去了。"莫丽,你就在这儿站一会儿,"她说,"我想……我想跑到前面去看看……"她从路的拐弯处冲出后,呆站在那儿,心凉了半截:这条路在那儿蜿蜒直入山上!

有那么一会儿,贝茜抑制不住自己,几乎要尖声喊出弗朗西丝姑妈的名字,她想就那么逃走,逃得越远越好。但是一想到莫丽还待在那儿,而且她是那样的相信自己,贝茜立即抿紧嘴唇,让自己不要喊了出来。她站在那儿,让自己平静下来,现在,她不能害怕。她们俩只要往回走到那个岔路口,再沿另一条对的路走就行了。但是要是等会天黑后看不清路,她们回不到那个岔路口怎么办?千万不能这么想呀。她跑回去,大声喊道:"过来,莫丽,"她试着让自己的语调听上去和安姨妈的一样果断,"我觉得咱们拐错了弯。我们最好……"

但是莫丽不在那儿。就在那一瞬间,贝茜意识到莫丽肯定是失踪了。这条长长的、拖着阴影的林间小道上根本就不见她的踪影。

贝茜慌了神,她真的用最尖的声音叫了出来:"莫丽!莫丽!"恐惧将她团团围住,突然她一个转身,因为她听到地底下传来莫丽那微弱的声音。

"天啊!贝茜!救我出去,救我出去!"

"你在哪儿啊?"贝茜惊慌失措地问道。

"我不知道啊!"莫丽带着哭腔说道,"我稍微往路旁边挪了一下,就踩到冰上面去了,结果就一直往下滑,停也停不住,

理 解 贝 茜
Understood Betsy

直到掉进一个大坑里。"

贝茜吓得头发都竖了起来。莫丽一定是跌到狼坑里去了!肯定是这样的,刚才她们离那个坑很近。她记起这儿有一棵大白桦树,而小溪正是在这里受到阻拦进而流入洞里面。虽然她自己也很害怕跌入洞中,但还是摸索着朝那棵树走去,她用脚小心地探着路以免滑倒。她低下头朝那深邃的洞中看去,不错,果然看到了莫丽的那张小脸,就跟个白色的小点似的。那个孩子大哭着,发出呜呜声,还把手臂伸向贝茜。

"莫丽,你受伤了吗?"

"没有。我跌在了一大摊雪上面,不过浑身湿透了,冻得难受,我要出去!我要出去!"

贝茜紧紧抱住那棵白桦树,大脑一片眩晕:她该怎么做?"看这儿,莫丽,"她朝那洞里大喊,"我马上沿着这条路跑回到那条对的路上面,然后再跑回家去把亨利姨爹带来。他到时候会带根绳子过来把你救出去!"

莫丽的尖叫声此时已经接近疯狂:"噢,贝茜,别把我一个人留在这儿!不要啊!不要啊!那些狼会把我给吃了的!贝茜,别丢下我!"这个孩子现在恐惧得要命。

"但是我一个人根本就不能把你救出来呀!"贝茜也尖声回应到,她自己也急疯了。因为冷,牙齿不住地打颤。

"不要走!不要走!"一阵哀号声从幽暗的洞底传来。贝茜努力克制住,让自己不要哭。她在一块石头上坐下来,想要理清头绪。这时她的脑海中浮现出一串具有指导意义的话来:"要是安姨妈在这儿的话,她会怎么做?她不会哭,她会想到点什么的。"

贝茜玩命似的环顾四周。她首先看到的是一根很大的松树枝,它已经被风吹断,一半躺在地上,一半歪歪扭扭地靠在另一棵树上,而这棵树就长在洞口不远处。这根树枝在那儿很久了,松枝都已经干得脱落掉,枝干上只剩下疙疙瘩瘩的枝节,看上去就很像……对了,很像一个梯子!要是安姨妈在这儿的话,她也会想到这点的!

"等一下!等一下,莫丽!"她朝洞中大吼,激动得浑身发热,"我跟你说,你现在走到一个顶上被遮盖住的角落里。我朝下面扔个东西,也许你可以抓住它爬上来。"

"噢!噢,那个东西会砸到我的!"这个可怜的小女孩大声惊呼,变得越来越害怕。不过她还是乖乖地爬到那个安全的角落里,而此时贝茜正忙着跟那根树枝折腾。它牢牢地插在雪里面,刚开始贝茜根本挪不动。不过之后她把那堆雪清理到一边,再拿根木棍当杠杆使,她感觉那根树枝稍稍松动了一点。然后她把全身的重量压到那根杠杆上,再使出吃奶的劲儿往下摁,那根树枝明显地挪动开来。之后事情就好办多了,只要把它沿着雪地拖到坑口就成。她又拖又拽,弄得浑身发热、大汗淋漓,衣服也都湿透了。她慢慢地把它移到坑边,将它翻转过来再用力往里一推,然后焦虑地往洞里面看。结果,她大松一口气!就跟她预计的一样,那根树枝的尖端先落下去,径直插进让莫丽免受皮肉之伤的那堆雪里。她累得喘不过气来,好半天一句话都说不出来。稍后片刻她说道:"莫丽,听我讲!你往上爬,我一够着你就把你往

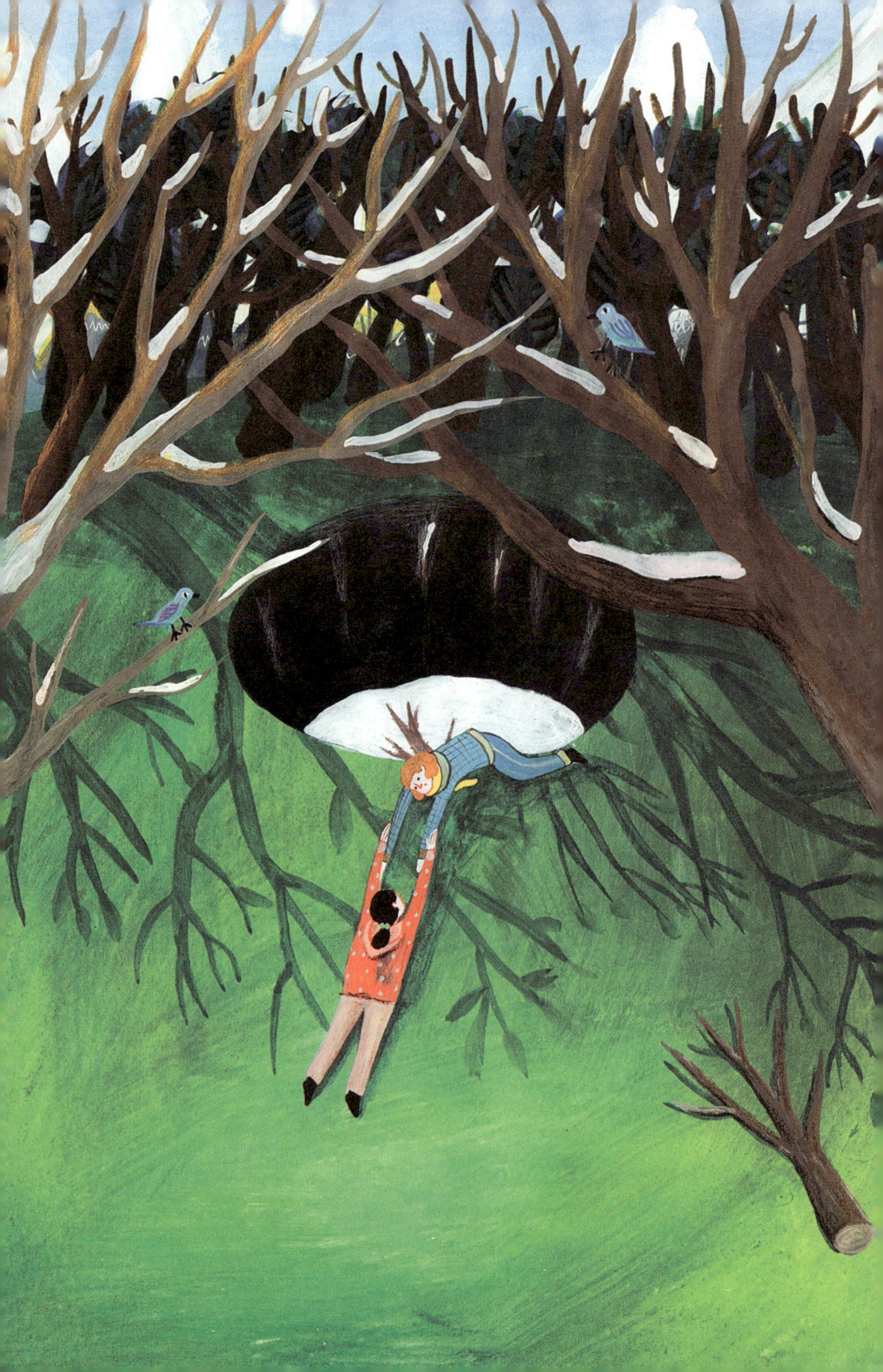

上拉。"

莫丽动作迅速地从她的监牢里往外爬，就跟一只训练有素的小松鼠似的，从一个枝干爬到另一个枝干上，直到最后攀到树枝顶端。不过她仍然在坑口的下方，贝茜这时在雪地上躺平，朝里面伸出她的双手。莫丽紧紧抓牢贝茜的手，脚尖死死地踩住雪，一点点地蠕动，终于到地面上来了。

就在这个时候，谢普蹦跳着朝她们跑过来，大声地吠着，而紧跟在它身后的是安姨妈，只见她穿着一双橡胶靴、提着一盏灯笼大步流星地走来，一脸的焦急。

看到她们，她立刻停住脚步，打量着这两个小女孩。她们浑身是雪，脸上闪耀着兴奋的光芒。然后姨妈的视线转移到她们身后的那个大坑上。"我经常跟爸爸说，那个坑外面应该围上一圈栅栏，"她用一种实事求是的口气说道，"时不时地就有一只羊掉进坑里。刚才就谢普自己回来了，却没看到你们。我们猜你们很有可能拐错了弯。"

贝茜现在特委屈。她渴望得到一个爱抚，也希望有人称赞她的英雄行为。她想让安姨妈意识到……噢，要是弗朗西丝姑妈在这儿就好了，她肯定会意识到！

"我跌到那个坑里去了，贝茜想要回家请普特尼先生过来帮忙，但我不让她走，所以她就把一根大树枝扔了进来，我就顺着树枝爬了出来。"莫丽解释道，她现在已经脱离困境，就把贝茜的行为当成是理所当然的。

"噢，事情原来是这样的啊。"安姨妈说。她低头看了看那

理解贝茜
Understood Betsy

个大坑,瞥见了那根大树枝,又回头看见雪地上贝茜拖拽过的长长的压痕。"一个小女孩能想到这个主意真是很不错了,"她轻描淡写地说,"我想你肯定会照顾好莫丽的!"

安姨妈以惯常的声音说着话,并把两个小孩拽到她身后。不过当贝茜攥着安姨妈有力的手蹦蹦跳跳地回家时,她的心里漾起一首欢歌。她现在知道安姨妈已经意识到了。在黑暗中,贝茜暗自微笑起来。

"你是怎么想到要那么做的?"当她们快要到家时,安姨妈问道。

"噢,我试着猜想要是你在这儿的话会怎么做。"贝茜说。

"噢!"安姨妈说,"这样啊……"

安姨妈没有再说什么,但是当她们走到亮堂的房间里后,贝茜抬头看了看她,发现她脸上有一丝愉悦的神情,贝茜让安姨妈开心了。

那天晚上,贝茜躺在床上,手臂搭在身旁蜷缩成一团、暖暖的莫丽身上。她隐约记起一件无关紧要的事——她搞砸了一门考试。

第八章

贝茜成立了一个缝纫协会

贝茜和莫丽把黛博拉也带到学校来了。黛博拉就是那个有着明艳的褐色小卷儿的木头洋娃娃。自从阿比盖尔姨婆长成大人后,她就一直躺在一个皮箱里,因为安姨妈小时候压根就不喜欢洋娃娃。起初贝茜不敢提出要求说要看看她,更别说和她一块儿玩了。不过,爱伦兑现了她的承诺,果然第一个星期六就前来普特尼农场拜访,她一来就说:"噢,普特尼夫人,我们能和黛博拉一起玩吗?"阿比盖尔姨婆回答道:"当然可以!怪不得我老是觉得自己好像忘了什么!"她和她们一起爬到冰冷的阁楼里,打开屋檐下面那个小小的毛皮箱,一个洋娃娃正平躺在里面,一双水汪汪的蓝眼睛看着她们。

"噢,亲爱的黛比,"阿比盖尔姨婆轻轻地将她托起,"咱们俩在丁香丛中一起玩耍的时光已经过去好久了,不是吗?我想这么多年你一定很孤单吧。不过没关系，你的好时光现在又要来了。"她拉下洋娃娃镶着褶边的蓬蓬裙，将领口的蕾丝抚平，然后把娃娃握在手心好一会儿，就那样静静地看着。从姨婆说话的方式，她抚摸黛博拉时的样子，再从她端详时的眼神，你都能够感觉得到她曾经深深地珍爱过这个娃娃，也许现在依然很珍视。

当她把黛博拉放到贝茜的臂弯时，小姑娘觉得自己在接受一件活生生的珍宝。贝茜和爱伦兴奋地看着裙子褶边上一个个手工缝制的花边小圈，掀开外面的纱笼后可以欣赏到内里做工精致，镶着褶边的衬裙、衬裤，还有那双好看、柔软的童鞋以及白色的长袜。阿比盖尔姨婆看着她们，嘴角咧出一丝漫不经心的微笑，好像正在追忆旧日的情景。

最后姨婆说："在这上面玩太冷了，"她回过神来长呼一口气，"你们最好把黛博拉和这个皮箱带到下面门朝南的屋子里去。"说完，她抱着娃娃，贝茜和爱伦分别抬着旧皮箱的一边往楼下走去，其实这只旧皮箱还不及现在的旅行箱大。那张摆着盏台灯的桌子后面不是有张大沙发嘛，她们就安顿在那里。当时老谢普正趴在上面，贝茜用安姨妈平时给它准备的骨头把它给哄了下来。等它啃完后准备再爬上来打个盹时，发现地盘已经被小姑娘们占领了。她们盘腿坐着，皮箱里的东西都摊开在面前，她们仔细地检查着每个物件。谢普只得长叹一口气，蹲坐在地上，它将鼻子贴在沙发上，紧挨着贝茜的膝盖，然后用它那温顺的黑眼睛关注着她们的一举一动。时不时地，贝茜放下怀中的黛博拉或是不再对着一条新裙子大呼小叫，她会拍拍谢普的头，爱怜地抚摸一下它的耳朵。它等的就是这个,每次她这样做后,它都会兴高采烈地摇着尾巴打击着地面。

自此以后,黛博拉和皮箱就留在楼下,贝茜随时都可以玩。她经常把黛博拉带到学校去。你从来没有听说过有人会把洋娃娃带到学校去吧?好吧,我要告诉你,这可是个古怪的老式学校,任何一个现代教学监督人士都会对它嗤之以鼻。事实上,不只是贝茜把娃娃带到学校,只要她们喜欢,所有的小女孩随时都可以把娃娃带来。老师本顿小姐在进门处给他们准备了一个挂外套的架子,上课期间娃娃们就耐心地坐在里面等候。一到下课或者是午休的时间,每个小妈妈都会把自己的娃娃拿下来玩。不久后天气回暖,在户外活动也不冷了,她们即便不跑来跑去也不会被冻死。学校的操场就是那片空旷、满是石头的空地,小姑娘们就带着她们的洋娃娃,在操场后面的一堆岩石上嬉戏玩耍,春日的阳光一天比一天暖和。岩石里面有很多各种形状的孔洞,非常适宜小姑娘们玩过家家的游戏。每个小女孩都有自己的"房间",她们频繁地进出于这堆岩石间来"拜访"她们的洋娃娃。女孩子就是女孩子,她们就喜欢坐在那里唧唧喳喳地谈论各种事情,而男孩子则在一旁玩游戏、玩球或将石头扔进筐子里,他们在岩石旁边跑来跑去、又推又拉,那声音吵闹极了,你完全听不清楚他们在说什么。

只有一个小孩,他既不和女生玩,也不加入到那群蹦蹦跳跳、吵吵闹闹的男生堆里。他就是那个六岁大的利亚斯,莫丽一年级班上有两个男孩子,而他就是其中一个。课间休息的时候他总是

理 解 贝 茜
Understood Betsy

独自一人徘徊在教室门口，沮丧地低着头，用他那双破破烂烂、满是泥巴的鞋子踢着地上的石头。有一天这群小女孩在一起玩的时候讨论起他来。"天啊！那个利亚斯·布鲁斯特真是个可怕的孩子！"伊莱扎说道，她是唯一一个上二年级的学生，虽然现在莫丽和她一起上二年级阅读课。

"就是啊！穿的衣服太破烂了！"安娜斯塔西·莫纳罕说道，她的小名叫做斯塔西，她今年十四岁，已经是个大姑娘了，是七年级的学生。

"他好像从来没有梳过头发！"贝茜说道，"跟一堆枯草似的。"

"而且有时候，"能加入到女孩子们的谈话中来，小莫丽也颇为自豪地添油加醋，"他忘记穿袜子，总是光着脏脚穿他那双特别破旧的鞋子。"

"我想他大半时间都没有穿袜子，"斯塔西轻蔑地说，"大概他的继父把它们都喝掉了。"

"他是怎么喝掉袜子的呀？"莫丽睁大了她的圆眼睛问道。

"嘘！你别问。小女孩是不应该知道这些事情的，是吧，贝茜？"

"嗯，确实。"贝茜一脸神秘地说道。其实她一点儿也不明白斯塔西在说什么，但是她表现得心领神会，没有多说一句话。

一些男孩子正在岩石附近猫着身子，玩着打弹珠的游戏。

"不管怎样，"莫丽忿恨地说道，"我才不管他的继父到底对他的袜子做了什么。我希望利亚斯能穿着它们到学校来。有好多次，他只穿了条特别破烂的背带裤来学校，连鞋子都没穿！从那些破的地方我都能看到他的肉了。"

"我希望他别和我坐得那么近,"贝茜抱怨道,"他太脏了。"

"是啊,我也不想和他坐得那么近!"其他的女孩子们异口同声。拉尔夫皱着眉抬头扫了她们一眼,他这时正跪在地上弯起中指,作势弹动弹珠。和平时一样,他显得粗鲁,模样有点凶。"噢,你们这些女孩子真让我恶心!"他将弹珠径直弹向标记处,再把对手的弹珠直接揣到口袋里,起身站起来后,怒视着这些小姑娘们。"我想要是你们和他处境相同,也会很脏的!半数情况下,他在来学校前都没有吃过东西,要不是我妈妈在我的饭盒里也加上他那一份,他连午饭都没得吃。你们现在却责备他!"

"为什么他自己的妈妈不给他准备午饭呢?"贝茜反击着这个评头论足者。

"他没有妈妈。她已经死了。"拉尔夫手插在口袋里转过身去,他对着那群男孩子喊道,"来呀,伙计们,跑到桥那边再跑回来!"说完就走了,其他的男孩子也跟在他后面跑开了。

"不管怎么样,我就是不管;他就是那么的邋遢、讨人厌!"斯塔西语气强硬地说道,眼睛瞟向那个郁郁寡欢、衣着破烂的小家伙,他依然歪靠在教室门上,无精打采地踢着一块石头。

不过贝茜那时再也没多说什么。

老师那段时间正好在普特尼农场搭伙吃饭,那天晚上他们围坐在南面屋里的台灯下。贝茜正在和亨利姨爹下棋,她突然抬起头来问道:"怎么会有人能够喝掉袜子呀?"

"天啊,孩子!你在说什么呀?"阿比盖尔姨婆问道。

理解贝茜
Understood Betsy

于是贝茜重复了安娜斯塔西·莫纳罕说的话，大人们随之而来的震惊表情令她有些吃惊。"什么，我真不知道原来那个巴德·沃克又开始酗酒了！"亨利姨爹说，"天啊！这太糟糕了！"

"那么可怜的苏西死了后，是谁在照顾那个孩子呢？"阿比盖尔姨婆在等着大家的回答。

"他是不是就独自和他那个一无是处的继父住在一起？他们有足够的食物吗？"安姨妈带着不安的表情问道。

显然贝茜提的那个问题让一些几乎被淡忘、整个被忽视掉的东西重新进入他们的脑海中。利亚斯的事，他们谈了好一会儿，老师证实了贝茜和斯塔西所说的话。

"我们有足够的食物，难道就坐在这儿不伸出援手吗？"阿比盖尔姨婆喊道。

"你怎么会这么想呢！"安姨妈心情颇为沉重地说。

一个生动的念头闪现在贝茜的脑中，她们指责过利亚斯那讨厌的样子，但实际上他并不需为此负责。她为自己和其他女孩子们说过的话感到无比的愧疚，因此她沉默不语，装作一副潜心下棋的样子。

"你知道吗，"阿比盖尔姨婆突然说，似乎突然有了有灵感，"要是利亚斯是个好孩子的话，我觉得埃尔默·庞德可能会收养他。"

"埃尔默·庞德是谁？"老师问道。

"噢，你肯定见过他——就是那个块头又大又结实、脸红扑扑的男人，他每年两次到这儿来收购木材，看上去很和气。他住在迪格比那儿，妻子是希尔斯伯勒人，名叫麦蒂·佩勒姆，她长得很漂亮。他们没有孩子，上次麦蒂回来探亲时跟我提起过，说她和丈夫谈过很多次，想领养一个小男孩。好像庞德先生一直都想要个小男孩，而且他为人很和善，对小孩子来讲，那一定是个美满的家庭。"

"但是！"老师说，"谁愿意收养利亚斯这么一个长得不大好看、衣着又这么破旧的小孩子呀。而且他看上去还非常的萎靡不振。他的继父喝醉酒时对他可能真的很凶，他都吓得不怎么敢抬起头来了。"

这时传来钟洪亮的报时声。"你听！"安姨妈说，"现在都九点啦，小孩子还没到床上去睡觉！莫丽以前这个点的时候都睡熟了。快去睡觉，贝茜！快去睡觉，莫丽。贝茜，把莫丽睡衣上的扣子给扣好。"

所以接下来，尽管大人们还在继续谈论利亚斯·布鲁斯特的事情，贝茜却什么都听不见了。

但她在脱衣服时，在漫不经心地回应小莫丽的叽叽喳喳时，脑海里面还在想着利亚斯的事。她和小莫丽爬到床上吹熄蜡烛后，舒服地躺下了，她们的脸朝着一个方向，四条腿弯成同样的角度，像抽屉里的两只汤匙似的整齐有序地摆放着，这时的她仍然在想着利亚斯。当她一睡醒，她又马上想到了他。于是贝茜赶快找到安姨妈，将自己的新计划一股脑儿地说给姨妈听。自从莫丽跌入狼坑的那个晚上，贝茜瞥见安姨妈倔强的嘴唇上绽放出的笑容后，她就不再害怕姨妈了。"安姨妈，我们学校里的女生可以在一起缝

理解贝茜
Understood Betsy

制一些——你得帮帮我们——漂亮的新衣服给小利亚斯·布鲁斯特，让他穿得体面一些，这样他看起来就不会这么邋遢，庞德先生也就会喜欢他、收养他的。"

安姨妈认真地听着，点了点头。"是的，我觉得这个想法很好，"她说，"昨晚我们还在想得为他做点什么。要是你们决定给他做衣服，那妈妈可以给他织几双袜子，爸爸可以弄几双鞋子给他穿。庞德先生直到五月下半旬才会开始他春天的行程，所以我们有足够的时间来准备。"

那天到学校后，贝茜觉得自己肩负着重要的使命，课间休息的时候她把女孩子们集合在岩石堆跟前，把这个计划告诉了她们。"安姨妈说她会帮助我们的。以后每个星期六的下午你们就来我家，一直到把衣服做完为止，这肯定会很有意思！阿比盖尔姨婆给商店打过电话，威金斯先生说如果我们决定订货的话，他会把布匹送过来。"

贝茜颇有底气地强调"订货"这个词，虽然她长这么大几乎没摸过一次针。很快周六下午的聚会开始了，当贝茜看到爱伦甚至是伊莱扎都比她缝得好时，很是羞愧。为了让自己能赶快上手，她每晚都坐在台灯下缝缝补补，而阿比盖尔姨婆也悉心地帮助着她。

星期六下午，安姨妈指导女孩子做针线活，她教那些腿足够长的女孩子用缝纫机。她们先将阿比盖尔姨婆的一件旧灰色毛呢裙改成了一条小裤子，这是一次练手。之后她们再用商店老板新送来的那匹哔叽布做。安姨妈给她们演示如何把纸样别到布料上

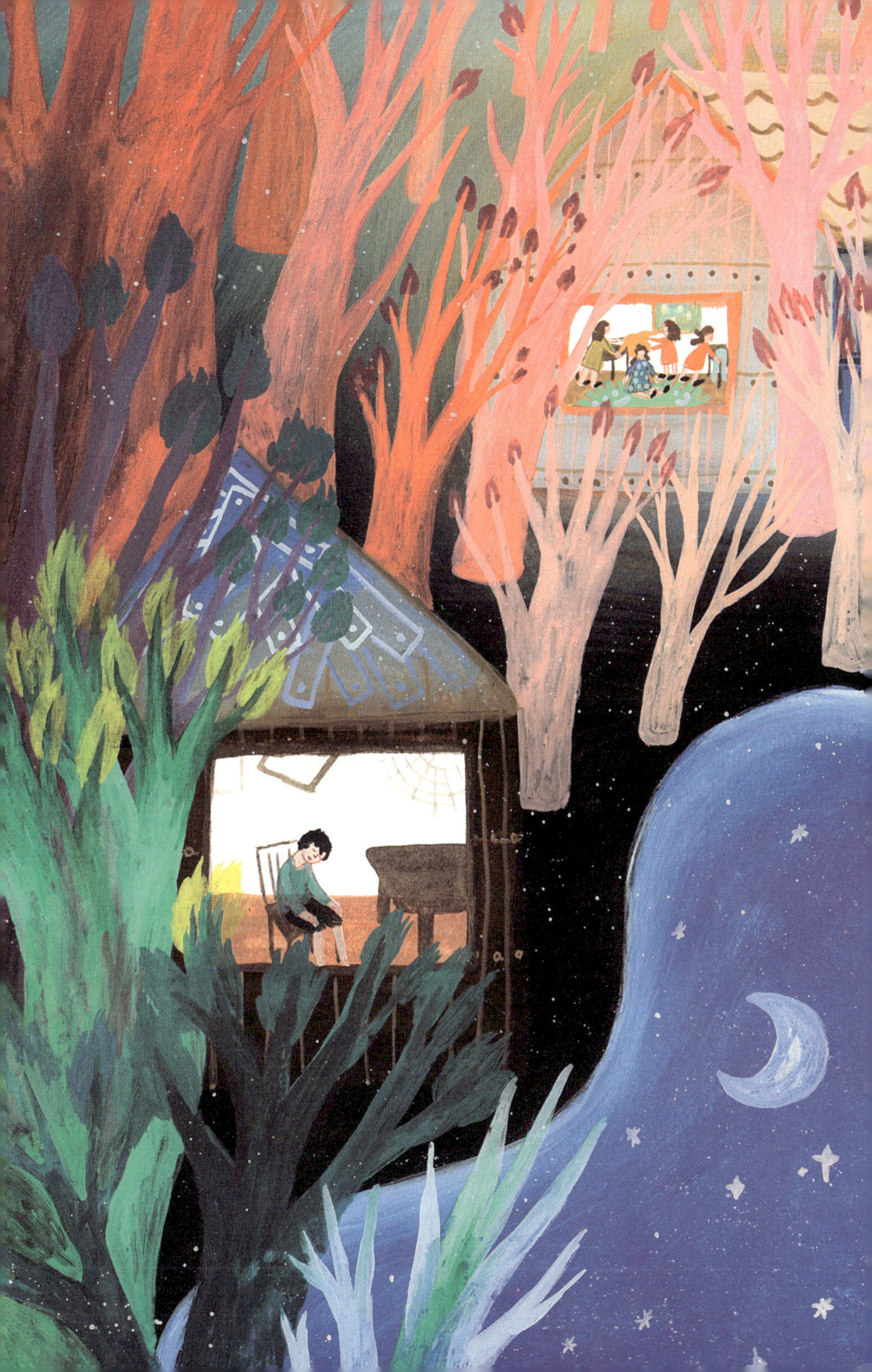

理解贝茜
Understood Betsy

面,然后再沿着纸样的形状去剪布料,之后她们每个人都剪得一块布。那些铺得平平的、形状怪异的布料,贝茜怎么看都不像是一条裤子。纸样的外包装上有说明步骤,教人如何将这些零散的布料拼凑在一起,一个女孩子正大声将这些听起来很神秘的步骤缓慢地朗读出来。当女孩子们连布的正反面都搞错,准备就那么拼凑起来的时候,安姨妈插手帮了一下忙。史黛西作为年龄最大的女孩子当仁不让,她首先做起了缝补工作。按照说明步骤的要求,她小心地将布块摆放在一起,转眼间,一条裤子的大致轮廓就出现了,不过还没有卷边和腰带,只有基本的配件——两只裤管!对贝茜来讲,这太神奇了!之后安姨妈帮她们在缝纫机上将布料缝合起来。紧接着她们集体转向镶边、打眼以及最后的收尾工作,其中每个人都订了一个扣眼。贝茜是第一次干这活儿,当她整个儿完成的时候,她都累趴了,好像在学校和家之间跑了个来回。虽然疲倦但贝茜却十分自豪,安姨妈在检视扣眼的时候,用手帕遮了一会儿脸作势要打喷嚏,不过她实际上一个喷嚏都没打出来。

她们花了两个星期六的时间才完成这条试手用的裤子,当她们把最终成果展示给阿比盖尔姨婆看的时候,姨婆很高兴。"噢,这是用我的旧裙子做的!"她边说边戴上眼镜仔细端详这件作品。在注视那些扣眼的时候,她没有笑,而是匆忙站起身走到隔壁的房间里,随即她们就听到了她的咳嗽声。

然后,她们要用一些新的蓝色条纹棉布做一件小罩衣。这得多亏安姨妈现在做的那条裙子碰巧还余下不少布料。这种薄薄的

理解贝茜
Understood Betsy

布料比那块灰色的毛呢布容易摆弄得多，不一会儿她们就做好了这件罩衣，还打好了扣眼、订上了扣子。她们在打扣眼的时候，安姨妈就坐在一边，仔细注视着她们缝的一针一线。你也许早料到她们这次较上次会有很大的进步。

接下来，像举办一个庆典似的，她们开始倒腾那匹商店运来的布料。她们现在一周聚在一起两次，因为五月的时间过得太快，庞德先生随时都会来。经过前两次的练手后，她们经验丰富了，知道如何加快进度，现在安姨妈也不必事事亲力亲为，她只要在困难的地方伸伸援手就可以了。她和女孩们一起坐在房间里，做着自己的针线活，她太安静了以至于有一半的时间大家都忘记她的存在。大家围坐在一起，一边缝着手里的活儿一边聊天，这无疑是非常有趣的。

多数时间女孩子们都会感叹自己的行为是多么的伟大，她们对小利亚斯实在是太友善。"天啊！我不相信还有别的女孩会为这个脏小孩做这么多事！"史黛西颇为得意地说道。

"是啊，确实如此！"贝茜附和道，"这就像故事里写的那样，不是吗？——为穷人工作、牺牲自己！"

"我保证他一定会很感激我们大家的！"爱伦说，"在他有生之年，他永远不会忘记我们的。"

此时，贝茜的想象力也被这番话给激活，她说："我想当他长成大人以后，他一定会告诉每个人，当时他是多么的贫穷，衣着是多么的破旧，而史黛西·莫纳罕、艾伦·皮特斯和贝茜·安……"

"还有伊莱扎！"那个小女孩兴冲冲地加上一句，生怕自己的荣光被人抹杀掉。

安姨妈边忙着自己的针线活边侧耳聆听，一言未发。

五月底的时候，她们已经准备好了两件外套、两条裤子，两双袜子还有两套内衣裤（这是由老师提供的），另外还有亨利姨爹给的一双鞋子。小女孩们带着无以言表的自豪之情抚摸着这堆新衣物，讨论着该用何种盛大的方式来馈赠它们，以显示该场景的重要性。贝茜觉得应该把这堆衣物带到学校去，然后一件一件地赠与利亚斯，这样的话每个女孩子都能单独地听到谢谢二字。而史黛西则倾向于把它们带到利亚斯家，并且是在他的继父在场的时候，这样就能够羞辱这个继父了，因为这些小女孩们做到了他没有做到的事情。

安姨妈平静、果断的声音突然插入到她们的讨论之中："你们为什么要让利亚斯知道这些衣物从哪儿来的呢？"

她们又忘记了她也在这儿，于是立即环顾四周捕捉她的视线。没有人可以回答这个古怪的问题，没有人想到居然还有这样一个问题存在。

安姨妈转换话题，问了另外一个问题："那么，你们究竟是为什么要做这些衣服呢？"

她们又无言地注视着她。她为什么要问这个问题？她明明就知道答案。

最后小莫丽用她那诚实、婴孩般的声音回答道："为什么，安姨妈你明明就知道是为什么呀！这样好让利亚斯·布鲁斯特看起来体面一些，庞德先生就有可能收养他。"

"这样的话，"安姨妈说，"利亚斯知不知道是谁做的这些衣服跟庞德先生收养他这件事情又有什么关系呢？"

"那样的话，他就不知道要去感激谁了。"贝茜大声地说。

"噢，"安姨妈说，"我明白了。你们不是为了帮助利亚斯，而是希望他对你们感恩涕零。莫丽还小，难怪她没有领会到你们这些女孩子做事的意图。"她若有所思地点点头，似乎理解了事情的来龙去脉。

不过即便是安姨妈了解了，小莫丽还是云里雾里的。她对大家正在讨论的事情可以说是一点头绪都没有。她的目光扫过一张张沮丧、低垂的脸：发生什么事了？

莫丽最后得出结论：什么也没发生。因为经过一分钟的沉默后，安姨妈站起身来，脸上带着她一贯的明快的端庄，说道："这是最后一个下午，你们这些小女孩们难道不应该开个茶话会来庆祝一下吗？这里有新出炉的饼干，你们愿意的话还可以做点柠檬水喝喝。"

她们在洒满阳光的门廊上享受着这些茶点，洋娃娃扮演着客人的角色，女孩子们唧唧喳喳地聊着天。她们谁也没有再提起如何将衣物交给利亚斯这个话题，只是到了大家快要离开的时候，和两个年纪稍大的女生走在一起的贝茜开口了："我们在哪个晚上将这些衣物放到利亚斯家门口吧，在有人走过来之前就跑开，那肯定会很好玩儿的。"她用一种不确定的声调讲着这话，手正拨弄着黛博拉的卷发。

"我同意！"爱伦说，她没有盯着贝茜看，而是将视线投向路边的杂草，"我想那肯定会非常有趣的！"

在一旁和安妮、伊莱扎一起玩耍的小莫丽并没有听到她们的谈话，不过她还是被特许参加这次与大姑娘们一起的冒险。

那是五月末一个温暖的夜晚，青蛙们在用那甜美、高亢的声音喊叫，今夏的第一批萤火虫在潮湿的沼泽里飞舞，沼泽旁边就是利亚斯家那摇摇欲坠的房子。女孩子们轮流抱着这一捆衣物，在树影下潜行。她们的心中充满兴奋之情，纷纷把手按在嘴巴上不让自己发出咯咯的笑声。当然，她们的发笑是毫无理由的，也正因如此，她们才会咯咯直笑。要是你曾经也是个小女孩儿的话，你肯定会理解她们的。

那间小房子出现在视线中，其中的一扇窗户里闪出昏暗的微光，女孩子们又是激动又是紧张。要是利亚斯那个可怕的继父出来对她们大吼大叫的话就太糟糕了。她们蹑步向前，脚踩在树枝、灌木丛还有沙石上发出窸窣的响声，在寂静的晚上显得格外的响亮。不过那扇窗户里的人并没有被惊动。她们匍匐向前，小心谨慎地朝窗户里面偷瞄，并且控制自己不再笑出声来。暗淡的灯光是来自一盏带着灯罩的小煤油灯，昏暗、杂乱的房间里摆放着一张光秃秃、油腻腻的木头桌子，还有两把椅背已经坏掉的椅子，小利亚斯正坐在其中的一把上面。他的头垂在手臂上，已经熟睡了，煤油灯暗淡的灯光勾勒出他小小的、颇为憔悴与哀伤的身形。两脚套在破烂、满是泥巴的鞋子里，在地板上方晃动着。一只袖子在肩膀处已经撕破露出缝来。一块干巴巴的面包从他那瘦得已看得到骨头的手上滑落下来，一只锡制的长柄勺搁在他旁边那张光秃秃的桌子上。没有其他人在这个房间里,在这个昏暗、空荡荡又没有生火的小房子里,很明显没有其他任何一个人了。

贝茜有生之年永远不会忘记那天晚上透过那扇窗户看到的景象。她的双眼开始变得灼热、双手发冷,一颗心扑通扑通地跳动着。贝茜摸到身边的小莫丽,在黑暗中给了她一个大大的拥抱。设想一下,如果小莫丽一个人在这间肮脏、惨淡的屋子里睡着,没有晚饭吃,也没有人把她抱到床上……她发现站在一旁的爱伦,正用围裙的一角掩着脸无声地哭起来。

没有人说一句话。抱着那捆衣物的史黛西心情沉重地走到屋门口,将东西放下,然后重重地敲了几声门。紧接着她们像离弦的箭似的默默地冲到路边的树影下,等着门打开。一缕黄色的灯光照到门外,利亚斯那小小的身躯就浮现在光影中。她们看到他弯下腰,将那捆衣物抱了起来,转身回到屋里。于是,她们安静而又迅速地离开了。在分别的岔路口,女孩子们没有互道一声晚安便各自回家了。

莫丽和贝茜得爬过一座山才能回到普特尼农场。这个晚上在五月份显得太过温暖,小莫丽有点上气不接下气。"我们在那块石头上面坐一会儿休息一下吧。"她说。

她们已经爬到了半山腰。从身旁这块岩石的位置往下看,她们能看到峡谷道路边以及山对面的农舍里闪烁着的灯光,它们就像是天上坠落下来的群星。贝茜躺在岩石上,抬头看着满天的星星。一阵寂静之后,小莫丽那唧唧喳喳的声音响了起来:"噢,我记得你说过到了学校后,我们要走到利亚斯跟前,把那些衣服递给他，你忘了吗？"

当她记起自己的那个计划后顿时羞愧万分。"不，我们没忘，"她说，"不过我们觉得现在这种方式更好。"

"但是利亚斯怎样才能知道要对谁表示感谢呢？"莫丽问。

"那无关紧要。"贝茜说。是的，这的确是贝茜·安的原话，而且这也是她想表达的真实想法。但是她的思绪并未停留在自己说的这句话上面。墨蓝、柔软的夜空中悬挂着的繁星将她抱拢，低垂的天幕里，她再次看到了那个肮脏、杂乱的房间、那个独自熟睡着的小男孩，以及他瘦骨嶙峋的小小的手指里握着的那块干面包。

她吃力地、长时间地注视着那幅画面，时不时有静谧的星星从中穿过。她翻过身来，脸朝向岩石。从她记事起她每晚都会说"现在我躺下了"，但她从来没有祈祷的习惯，直到今晚她躺在岩石上，一遍又一遍地重复着："天啊，上帝，请让庞德先生收养利亚斯吧。"

第九章

新衣服几乎泡汤

所有的小女孩第二天都早早地来到学校,渴望第一眼就能看到穿上新衣服的利亚斯。关于是谁缝制的衣服这个秘密,她们也乐于保守,而当她们快要走到学校时,心中都充满了极度的兴奋感。他穿上了那条灰色的裤子和那件蓝色的小罩衣;裤子有一点过长,而罩衣则非常的合身。当他穿着那双十分合脚的新鞋子在操场上面轻快地走动时,女孩子们都用自豪的神情盯着他。以前他整个冬天穿的可都是一双破烂的女式鞋。

从远处看,他简直是脱胎换骨。但是当他走近时……噢!他的脸!他的头发!他的手!他的指甲!这个小家伙显然想对得起这身漂亮的新衣服,因为他奉拉的头发已经被马虎地梳到脑后,嘴巴和鼻子周围有一小圈还算干净的皮肤,他应该是费了很大劲来洗自己的脸。不过他并没有留意到自己脸上那已经结成壳的污垢，而女孩子们则用沮丧的神情看着他。庞德先生肯定不会乐意收养这么一个邋遢的孩子！他这身整洁的新衣服让他看上去更加糟糕，好像他是故意把自己给弄脏的。

小女孩们退到那堆岩石旁边，颇为失望地谈论着。而拉尔夫和其他男孩子正在一旁专心地打着弹珠。利亚斯带着自豪的神情朝教室走去，想让本顿小姐看看自己的新模样。

再过一天就是阵亡士兵纪念日，他们花了很多时间准备诗歌朗诵节目，因为要在镇上举行的纪念日演练活动中表演，镇上每个学校都要派出一些学生在市政厅进行朗诵表演。贝茜要朗诵的是她在学校里喜欢上的第一首诗《巴巴拉·弗里彻》，此时她用低沉的声音机械地吟诵着，全无平日的愉悦，她的视线始终停留在利亚斯的笑脸上，他显然没有意识到自己的脸是如此的邋遢。

中午的时候，男孩子都一窝蜂地拥到水潭那边，他们习惯在午间游泳，这一天跟以往也没什么两样。而小女孩们正在岩石边吃着午饭，还在为计划的失败惋惜万分，她们在想法子，希望能弥补一下。史黛西建议道："你的阿比盖尔姨婆能不能邀请他到你们家吃个晚饭，之后再让他在那里洗个澡？"贝茜从来没听说过有人以这种方式对待一位前来赴晚宴的客人，她觉得这种方式有点匪夷所思。她难过地摇摇头，视线落在远处男孩们在水潭边跳跃激起的浪花上。这个水潭其实不够深，在里面游泳只能是马马虎虎。它算是河支流处的一个较浅的小河湾，水仅没过一个小男孩的膝盖，水几乎没有流动。阳光倾泻而下使得水特别的温暖，以至于连一年级的孩子都被妈妈们允许下水。他们只是在这个水潭跳出跳进，互相往身上泼散着水花，不过他们特别地乐在其中，这就和七年级学生弗兰克和哈利喜欢从跳板上猛扎入水池中一样。那天他们在河边玩得有点晚，本顿小姐不得不朝他们那个方向使劲地摇着铃铛。当男孩子们带着喧闹声蜂拥进教室的时候，女孩子们早已正襟危坐，眼睛颇为自觉地盯着课本，带着一丝一本正经的优越感：她们可从来不会迟到！

贝茜正背诵着她的乘法表，进展极佳。数周前，当本顿小姐看出这个小女孩心中的困惑后，她们开始专注于解决这个问题。本顿小姐让贝茜自成一组地背诵，以免在其他人的催促下变得慌乱不安；首先她得从最基础的地方开始，比方说 $2×2$ 和 $3×3$ 之类贝茜确信无疑的东西。之后她们非常小心地进入下一个阶段，一旦贝茜开始"猜测"老师的表情，随便回答一通时，她们便马上打住。

一段时间后，在贝茜曾经视之为黑夜一般的算术上，她逐渐摸出了点门道，有些东西是她不用猜老师的表情也确信无疑的。从那时开始，她的算术水平突飞猛进，掌握的东西一环套一环。如今她能够带着极大的热情和自信完成一整页的题目，算术课也变得很有意思。那一天她手里握着根粉笔站在黑板前，咬了咬舌头，冥思苦想，一个有两扇门和两扇窗的 12 平方英尺的房间到底需要多少张墙纸呢？突然她的目光停留在正在低头读书的利亚斯身上，她忘了自己正在做算术题，她忘了自己现在在哪里。她看得很专注，以至于爱伦也顺着她的视线看去。小利亚斯很干净，非常不可思议的，几乎是那种水灵灵的干净。他的脸颊干净闪亮，

理 解 贝 茜
Understood Betsy

耳朵显得白里透红，两只手上一个污点都没有，甚至他那如同稻草般枯黄的头发也很干净，尽管上面的水还没干，头发被整齐地往后梳着，在阳光下闪闪发光。贝茜不停地眨着眼睛，心想自己也许在做梦。不过每次睁开眼睛后，那个白白净净的利亚斯依然坐在那里，好像一支新发芽的柳条。

突然有人猛地戳了一下她的肋骨。她一惊转过头去，看到同样站在黑板前做着加法题的拉尔夫，他浓黑眉毛下的那双眼睛含着怒气注视着她。"不要再傻呆呆地盯着利亚斯看了，"他低声说道，"你真让人心烦！"他的举止有些不自然，脸上流露出害羞的神情。贝茜马上明白是怎么回事了：拉尔夫准是把利亚斯带到男孩子们嬉戏的那个水潭那边，将他全身上下都洗了个遍。她刚记起他们放了一块黄色的肥皂在那边。

她的脸绽放出灿烂的笑容，她开始不住地称赞拉尔夫，不过拉尔夫皱皱眉头，没好气地说道："行了，住口！看看你做的什么题呀！9×8都做不对，快改改！"

"男孩子真怪呀！"贝茜一边琢磨着一边擦掉错误的数字，写下正确的答案。不过，她没打算再和拉尔夫谈论利亚斯，放学后也没有。当天回家的路上她看到利亚斯头戴一顶新帽子，她认得这帽子是拉尔夫的。她看了看拉尔夫光溜溜的脑袋，然后眼带笑意地与他对视，而脸上其它部位则保持严肃，就跟安姨妈似的。

不到一分钟，拉尔夫差点就要回她一个微笑，至少他看起来很友善。他们放学一起回家，这可是拉尔夫首次屈尊和一个女孩子结伴同行。

"我们家新来了只小马驹。"他说。

"是吗?"她说,"它是什么颜色的?"

"是一匹黑色的马,身上有一块白色,它再长大一点,家里人就允许我骑它了。"

"真的啊!太棒了!"贝茜说。

这时二人的脑海里都浮现出小利亚斯身着新衣,甜甜的小脸清爽又干净的样子。

"你喜欢吃云杉口香糖吗?"拉尔夫问。

"我爱死口香糖了!"贝茜说。

"好的,要是我明天没忘记的话,就给你带一大块过来。"拉尔夫说着就在十字路口拐弯了。

他们一个字都没有提到利亚斯。

第二天他们只有上午有课,下午会坐上一辆很大的拉草马车去镇上参加"彩排"。利亚斯穿着崭新的蓝色咔叽布裤和白色上衣来到学校。女孩子们很满意他的外表,并不时在他身边打转,因为那天上午要来"学校参观"的不是别人正是庞德先生!这是安姨妈安排的。还真得安姨妈出手事情才能得到解决!课间休息时,他们在操场玩起了躲猫猫的游戏;这时庞德先生和亨利姨爹驾着马车一点点地向操场靠近,他们在边上勒住马,一面说笑着,一面注视着嬉闹中的孩子。贝茜仔细地端详着这个魁梧、面善的男人,他眼中含笑,笑声爽朗,她断定他一定会对利亚斯很好的。她的意见显然不起什么用,毕竟他没有从马车上下来,他说他现在得直接到镇上去。就这样,没什么别的理由,他就随便看了看手表便坦言自己上午没时间。贝茜疑惑地瞥了瞥亨利姨爹，显然他现在也是爱莫能助。要是安姨妈在就好了！她一定会大步流星地将庞德先生带到教室里去。虽然亨利姨爹不是安姨妈，不过在他们策马离开时，他还是把干净清爽的小利亚斯给指了出来。不过庞德先生只是漫不经心地点点头，思绪仿佛还停留在别的事情上。

贝茜差点失望到大哭，不过女孩子们马上聚在一起，互相安慰说还有时间。庞德先生明天才会离开，兴许……还有希望。

不过那天下午最后的一丝希望也破灭了。学生们集合在教室前准备出发，只见女孩子们身着刚刚浆洗过的衣服，头上系着红色或蓝色的蝴蝶结，人人神清气爽；男孩子们身穿黑色小西装，衣领干净整洁，头戴崭新的帽子（除了拉尔夫之外），脚蹬黑皮鞋，个个忸怩不安。只剩小利亚斯一人尚未出现，他们等呀等，却始终不见他的人影。亨利姨爹那天下午负责驾车将他们送到镇上去，最后他看看手表，紧接着拉紧缰绳说，如果他们现在不启程，肯定就来不及了。利亚斯也许还有机会坐别人的马车赶到。

他们挤上马车，马儿提蹄前行，车轮吱吱呀呀地碾在石头上。正在这时，一阵恸哭声从教室后的柴屋传来。于是孩子们以挤上车时的飞快速度从车里蜂拥而出，他们拼命地往回跑，贝茜和拉尔夫跑在队伍最前面。这会儿在柴屋里的正是小利亚斯，他在一堆柴火后面的角落里缩成一团，他哭呀哭呀哭呀，并不停地用拳头揉搓眼睛，脸上全是脏兮兮的泪。他又重新穿上了那身污浊不堪的破衣服，脚上也没穿鞋子，那双干净的小脚在这昏暗的地方很是显眼，惹人怜惜。

"到底发生了什么事？到底发生了什么事？"孩子们异口同声地问道。利亚斯冲到拉尔夫跟前，把整张脸埋到后者的外套里，边哭边断断续续地用只有拉尔夫能听清的声音讲述着事情的经过……这时，事情变得更加糟糕、一发不可收拾，亨利姨爹和庞德先生正越过孩子们的肩头朝这边张望！利亚斯又变回了一个衣着破烂的脏小孩！贝茜无力地坐在一堆柴火上，彻底的心灰意冷。所有的努力都白费了！

"到底发生了什么事？"两个大人一齐问。

拉尔夫转过身，面色铁青，由于愤怒脑袋不住地摇晃着，隔着这群孩子，他咬牙切齿地对他们二人说："他才刚刚得到这些像样的衣服，生平头一次！他特别期待等会儿在市政厅的表演。他那个该死、卑鄙的醉鬼继父把它们全部剥掉拿走了，卖掉换了威士忌。我真想杀了他！"

贝茜真想张开双臂把拉尔夫抱住，她此刻的心情和他表现出的一模一样。"是的，那个该死、卑鄙的醉鬼！"她自言自语道，这些她以前从未听说过的脏话令她稍微解了点气，用脏话来形容这件可怕的事情一点都不过分。

贝茜发现拉尔夫眼中迸射出的愤怒的火花已经感染到庞德先生，他那张方方正正的脸此刻显得严峻且激动。只见庞德先生向前迈开一大步，犹如巨人穿过矮人堆似的掠过这群孩子。他俯身用自己强壮的胳膊抱起小利亚斯，紧紧地抱住，他大步流星地走出这间柴屋，穿过操场来到自己的马车前。

理解贝茜
Understood Betsy

"他会去参加表演的！"他回头大吼一声，"他得去，就算我跑遍全城也得给他买一身好衣服！那个混蛋可千万别打那些衣服的主意。我把话搁在这里了！"

他跳上马车，把利亚斯搁在腿上，紧紧抱住，挥起缰绳，绝尘而去。

他们再次见到利亚斯，是他紧紧攥着庞德先生的手走进市政厅的时候。他身着全套从商店买来的衣服和外套，看起来棒极了，而且他还穿着白色的长袜和整洁的矮帮靴，简直就跟城里的孩子一模一样！

利亚斯再次出现，便是在台上大声朗诵他那篇小小的爱国诗篇的时候，他那如星光般璀璨的眼睛，凝视着观众席里那张宽阔的笑脸。朗诵一结束，观众的掌声难免让他害羞，好一会儿他都呆若木鸡，忘记转身走下台。他低下头，面对观众，他垂下的眼帘里绽放出一丝微微的、腼腆的笑。贝茜注意到庞德先生的笑意这时已经黯淡下来，他的眼眶发热，以至于他不得不掏出手帕，用力地擤擤鼻子。

他们再一次也是最后一次见到利亚斯是在庞德先生的马车上。当时孩子们坐在那辆慢悠悠的拉草马车上，庞德先生一只手熟练地拉着缰绳、驾着马车从他们身边疾驰而过。利亚斯紧紧地挨着他坐着，腿上堆满了各种各样的玩具，噢，就像过圣诞节一样！那样的匆匆一瞥中，他们看到了一辆玩具火车、一只毛绒小狗、一个糖果盒、一堆图画书、几个陀螺、纸袋甚至还发现了大型机械玩具挖泥船那晃来晃去的吊架，以前他们都觉得玩具店老

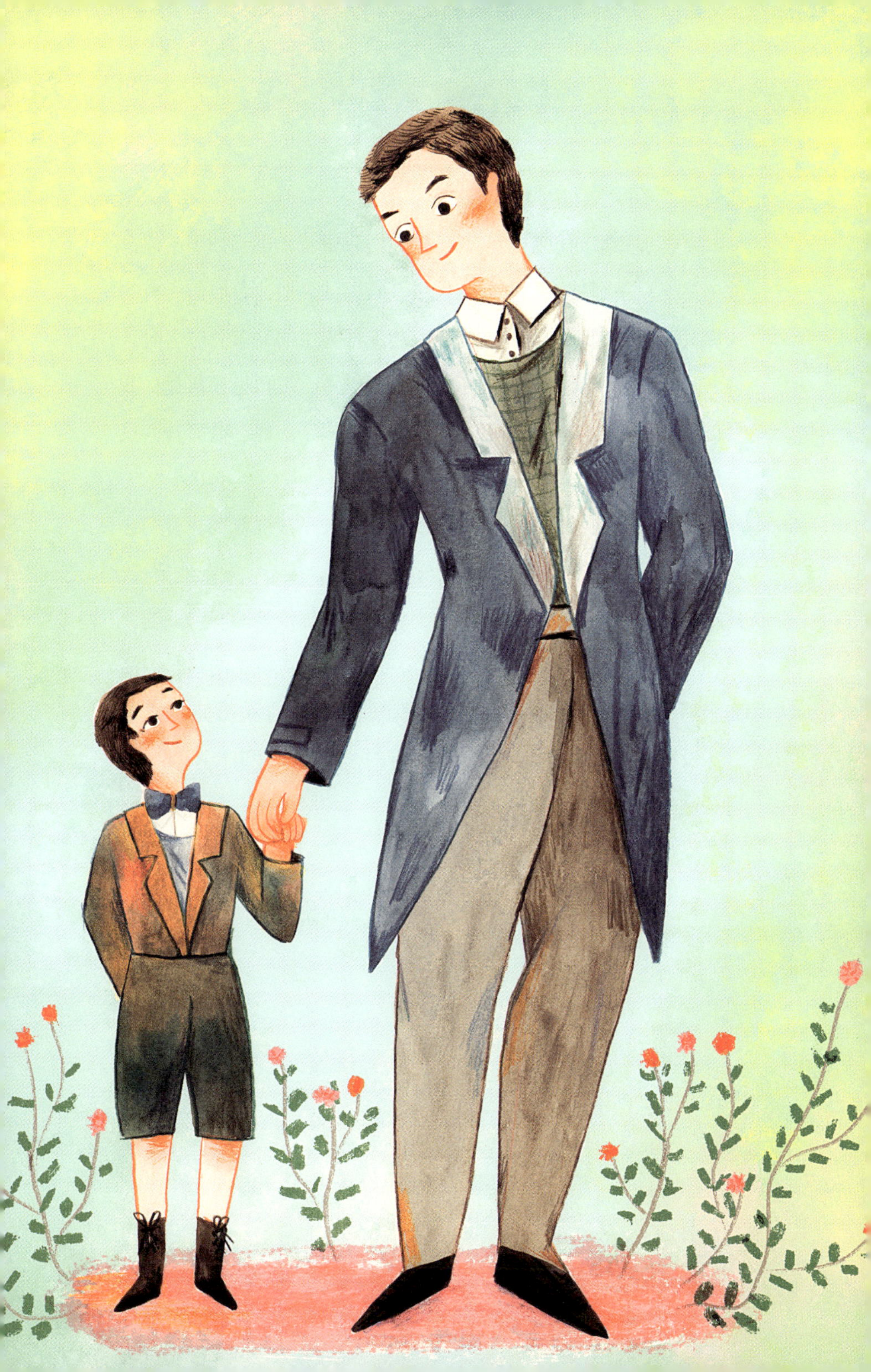

理 解 贝 茜

板肯定卖不掉它,因为太贵了!

就在那擦肩而过中,利亚斯向他们张望着,小手挥个不停,他的另一只手则被庞德先生的大手紧紧握住。他冲着他们所有的人微笑,双眼闪烁着喜悦的光芒。当庞德先生的马车驶过之时,他转过头用那清亮、愉悦的童音朝他们喊道,"再见!再见!我要住到……"他们听不到后面要说的是什么了。他已经离开,只是他的小手依然在马车的后座上方朝他们挥动着。

贝茜长长地吸了一口气,她发现拉尔夫正注视着她。有一会儿,她不明白是什么让他看起来与往日不同,接着她发现他笑了,她从来没见过他笑。他冲着她微笑,好像很确定她能明白似的,但却一言未发。贝茜再次眺望前方,发现那隐约可见的马车已经完全消失在前面的山脉之中。她也默默地冲着拉尔夫微笑。

没有一件事是按照她的计划进行的,没有一件事!不过她觉得长这么大她还从来没有这么快乐过。

第十章

贝茜过生日

贝茜的生日是九月九号，纳克隆赛特峡谷展销会则是在九月八号至十二号在伍德福德举行。于是大家决定贝茜今年应该到伍德福德去庆祝生日。普特尼一家今年并无前往展销会的计划，但是附近农场的温德尔一家说，可以在自家的四轮游览马车里给两个小女孩儿留出座位。莫丽当然也要去，她说去展销会也可以庆祝她的六岁生日。事实上，她的生日是十月八号。莫丽坚持说这一天跟九月九号隔得相当近，可以一起庆祝。听了这话贝茜忍不住要哈哈大笑，但是她瞅了一眼家里人，发现他们相互对视，个个抿住嘴保持严肃，只是嘴角处有那么一丝轻微的上扬，她明白那是他们担心万一笑出声来，会伤害到莫丽的感情。所以贝茜也尽力抿住自己的小嘴唇，同样地稍稍上扬，透出一丝友善且隐秘的笑意。

而且，我不能告诉你这是为什么，贝茜经过这番努力后，心中突然升起对莫丽暖暖的爱意。她走向前给了莫丽一个大大的拥抱，结果没站稳两人一下子跌到正蜷在沙发里的谢普身上，它那咕噜咕噜的鼾声顿时停了下来。谢普费劲地从两人身子下面一点点蠕动出来，随后它站在那儿，摇着尾巴，用笑眯眯的眼睛注视着正在枕头之间翻滚、嬉笑的她们。

"你准备穿什么裙子去展销会啊，贝茜？"安姨妈问，"我们还得想想莫丽穿什么去？"

她们随即停下那扭作一团的打闹，开始仔细研究这个关于梳妆打扮的严肃问题。

这个重要的日子终于来到了。四轮马车从温德尔家的门前出发，贝茜身着一条清新的粉白相间的条纹棉布裙，安姨妈做这条裙子的时候，贝茜也出了点力；而胖嘟嘟的莫丽则穿了一条贝茜以前穿过的、亚麻白的小提花棉布裙，她憨态可掬的样子特别像某种可口的食物，为了让裙子的尺寸与这个小黄油球相衬，她们还特地把裙子边缝进去一大块。因为今天是贝茜的生日，她就和温德尔先生一起坐在前座上，路上车队不多的时候，贝茜便也独自驾会儿车。温德尔太太和她的妹妹正好填满了后座的位置，她们紧紧地挨坐在一起，莫丽可以很舒服地坐在她们柔软的腿上，她的眼睛亮晶晶的，圆圆的脸颊因兴奋而红通通的。贝茜回头看了莫丽好几次，心想她长得可真好看。当然她一点都不知道自己看上去怎么样，因为普特尼农场的镜子又小挂得又高，而且因为年岁比较久远，镜面都生了一层铜绿，所以人的面色在里面看着都怪怪的。所以她照镜子只是看头发梳整齐没有，这就是镜子的唯一功能。

那天上午迟一点的时候，她和莫丽手牵着手在奇妙的工业厅里逛来逛去，突然她在一面如水般明澈的全身镜里看到了莫丽，她简直大吃一惊。从镜中她清楚地看到了小女孩黄色的小卷儿，她粉嘟嘟的脸蛋，还有那水汪汪的蓝眼睛，面对如此真实的镜像，她不由得怔住了。贝茜又在镜中看到了另一个年龄稍大的小女孩，她站在莫丽身旁，眼睛乌亮、脸颊红润、身体看上去很强健，两条结实的腿十分笔直地站立着，她自然地扬起头，脸已经被晒成棕褐色，眼睛炯炯有神地注视着前方。贝茜注视着这双清澈的眼睛，她瞬间意识到……天啊！她盯着看的正是自己！她的变化真大呀！自上次在这么大的镜子里看到自己，她已经变得太多太多！她清楚地记得——上次和弗朗西丝姑妈一起在百货商店买东西，那时镜中的她是个面色苍白的柔弱女孩，脖子瘦削，细长的腿半掩在弗朗西丝姑妈的罩裙中；和这个紧紧握住莫丽的手、有着棕色皮肤、身体强健笔直的女孩相比简直判若两人。

这个念头来得快去得也快，因为莫丽看到下一段走廊里有一个大洋娃娃，她们赶忙跑过去仔细端详她的衣服。这是她们头一次参加县里面的展销会，视觉、听觉以及嗅觉的冲击是如此之大，她们早把那面镜子忘得干干净净。

她们可以随心所欲地逛到中午，到时候再和温德尔一家在工业厅外的阴凉处汇合，一起吃野餐。这两对人马从不同的方向汇合在一起，看到的也是展销会不同的侧面。孩子们看到的是旋转

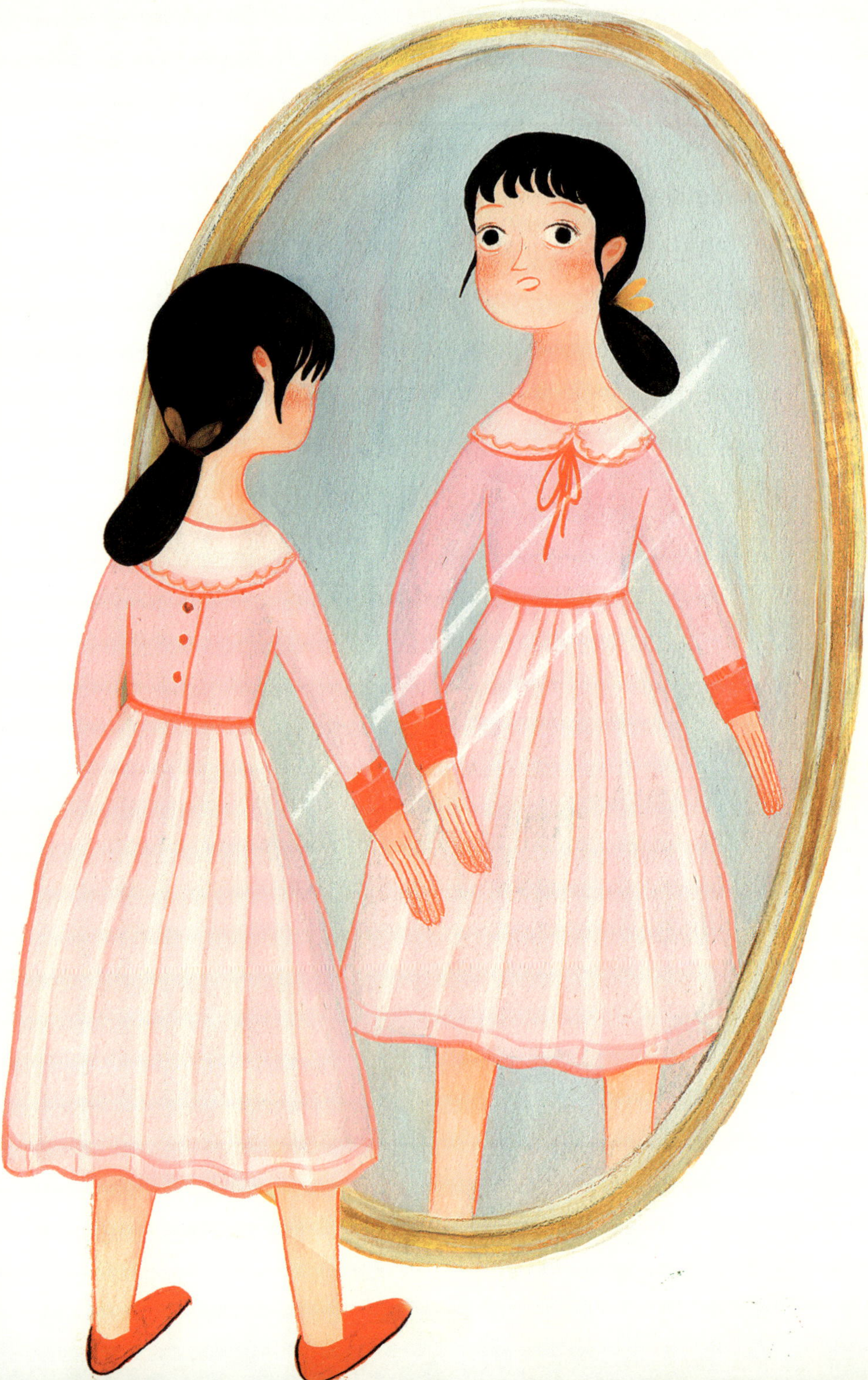

木马、卖气球和玩具的小贩以及爆米花摊,而温德尔一家讨论的则是猪腿的长短、奶牛背的凹凸以及绵羊毛的厚薄。而且温德尔一家好像还意外地遇到了几个表亲,他们并不认识贝茜和莫丽,希望可以搭温德尔家的顺风车回家。

"要不这样吧,"温德尔太太问贝茜,"你和莫丽愿意搭沃恩家的马车回去吗?他们有一辆大马车。你们可以和沃恩家的孩子们一起坐在马车的地板上。"

贝茜和莫丽觉得这一定会很好玩,于是愉快地答应了。

"那么好吧。"温德尔太太说。她向大楼里一扇敞开的窗子旁站着的一个年轻人打招呼道:"嗨,弗兰克,沃恩下午会来接手你的摊位吧?"

"是的,夫人,"年轻人回答道,"他的轮班时间是下午两点到四点。"

"好的,麻烦你转告他说普特尼农场的两个小女孩要和他们一起回家。她们可以和沃恩家的小家伙们一起坐在马车的地板上。"

"好的,夫人。"年轻人说,他对贝茜和莫丽怎么回家显然半点兴趣都没有。

"那好,贝茜,"温德尔太太说,"你两点钟的时候回到那个摊位来,问问沃恩他们什么时候动身回家,他们的马车停在那儿,你可千万不要让他们多等一分钟。"

"好的,我不会的,"贝茜说,"我一定会准时出现。"

她和莫丽一共带了四十分钱出来,其中二十五分是靠采浆果赚的，还有十五分是亨利姨爹给的礼物，现在她们还剩下二十分。两个小女孩把头凑在一起，琢磨着得好好利用这余下的四个五分硬币。安姨妈没有限制她们该买什么不该买什么，除了粉色柠檬水，她们可以买任何乱七八糟的小玩意儿。那种柠檬水，她听说小贩们用它来洗杯子、洗手甚至洗脸。贝茜想用剩下的钱坐旋转木马，莫丽则非常想要一个红色的气球；在她们买东西的时候，一个卖玩具狗的男人走了过来。那些褐色的小狗尾巴呈卷曲状，他大声吆喝着说只要你一拉它们的尾巴，这些小狗就会汪汪直叫。他发觉小女孩们正盯着他看，于是他拉了拉手里握着的小狗的尾巴，它果然吠了起来，和谢普被踩到尾巴时的叫声差不多。贝茜买了一只玩具狗，它已经包装完毕，躺在系着蓝色绳子的盒子里，她觉得用五分钱买到一只能叫唤的狗实在是太划算了。（后来，当她们解开绳子、打开盒子时，发现里面躺着的玩具狗有一条腿已经断了，而且不管怎么拉尾巴它连个哼声都没有；当然县展销会上发生这样的事情再正常不过，完全在你预料之中。）

　　现在她们还剩下十分钱，便商量着每人坐一次旋转木马。不过这时贝茜瞅了瞅农业厅塔楼上的钟，发现已经到了两点半钟，于是决定先回到威尔·沃恩的摊位，搞清楚他们到底何时动身回家。她毫不费劲就找到了那个摊位，沃恩并不在里面，连之前看到的那个年轻人也不见踪影。现在站在那儿的是一个完完全全的陌生人，穿着颜色很白的袜子、很黄的鞋子，裤子的卷边上有很多道条纹，正心不在焉地吹着口哨。面对贝茜的询问，他回答道："沃恩？威尔·沃恩？从没听过这名字。"然后又马上吹起了口哨，

理解贝茜
Understood Betsy

当小女孩们圆睁着惊恐的眼睛抬头注视着他时，他的视线却从她们的头顶掠过，上上下下打量着走廊。隔壁摊位一个年纪略长的男人探过身来说道："威尔·沃恩？希尔斯伯勒的吧？是这样的，有人说希尔斯伯勒来的沃恩一家在得知家里的一头奶牛得了重病后，他们不得不即刻动身回家。"

一阵眩晕后贝茜回过神来，她连忙拽住莫丽的手："快点！赶紧的！我们得在温德尔一家出发前找到他们！"

在一阵慌乱不安中（因为她真的很害怕），贝茜已经忘掉小莫丽是多么容易受到惊吓。贝茜的惊慌失措即刻让这个小孩惊恐不已。"噢，贝茜！贝茜！我们该怎么办？"当贝茜拉着她穿过走廊来到门外的时候，她气喘吁吁地说。

"噢，温德尔一家肯定还没走。"贝茜安慰道，虽然她一点都不确定自己说的话。她拖着莫丽的小胖手，用尽可能快的速度跑到马棚，温德尔一家来的时候把马儿和四轮马车都留在那儿。现在，马棚是空的，空空如也。

贝茜猛地停了下来，呆若木鸡，心好像提到了嗓子眼，她连呼吸都觉得困难。你一定记得，毕竟她在那天才刚满十岁。莫丽开始大哭起来，把满是泪水的脸埋到贝茜的裙子里，"我们该怎么办啊，贝茜，我们能做些什么啊？"她恸哭道。

贝茜一言不发。她不知道她们该怎么办！这里距普特尼农场有八英里的路程，对莫丽来说太远了点，而且她们俩压根就不知道回去的路。她们只剩下十分钱，连吃的东西都没有。熙熙攘攘的人流中她们唯一认识的人已经在返回希尔斯伯勒的路上。

"我们该怎么办，贝茜？"莫丽还在哭，贝茜的沉默以及她明显的惊慌失措让莫丽觉得异常恐怖。

贝茜头有些晕。她试着采用那时莫丽跌入狼坑后帮助过自己的那个法子，她拼命地问自己："要是安姨妈在这儿，她会怎么做？"不过这个法子现在起不到任何作用，因为她无法想象安姨妈在如此可怕的情况下会做些什么。不过有件事她当然会去做：她首先要让莫丽平静下来。

一想到这里，贝茜马上坐到地上，把惊慌失措的小女孩拉到自己腿上坐下，抹抹她的眼泪，带着坚定的语气说道："莫丽，现在就不要再哭了。我肯定会照顾你的，我一定会把你带回家的。"

"你又能怎么办呢？"莫丽带着哭腔说道，"每个人都会离开，到时候就剩我们俩了。我们又不可能走回去！"

"那你就别管了，"她试着表现出轻松，故作神秘状，尽管她自己的下嘴唇在轻微地抖动着，"这是我为你准备的惊喜派对，你就耐心等待吧。我们现在还是回到那个摊位去吧，没准威尔·沃恩和他的家人还没有回家。"

对此她其实不抱希望，之所以要回到那儿是因为相较周围令人抓狂与不安的茫茫一片，那个摊位就不那么陌生了。这个原本热闹非凡、快乐无比的展销会，一下子就变成一个恐怖万状、嘈杂喧闹的地方，来来往往的陌生人都自顾自地前行，没人用那冷漠的双眼多瞅瞅这两个流落异地的小女孩。

当她们重新找到那个衣着鲜亮的年轻人时，他依旧吹着口哨，态度没有任何改变。他只停下来说了一句话："没有，这儿根本

理 解 贝 茜
Understood Betsy

没有叫威尔·沃恩的这个人。"

"我们本来是要和沃恩一家一起回去的。"贝茜嘀咕道，希望能得到他的帮助。

"看来你们只得坐车回去了。"年轻人漫不经心地建议道。他把他的黑头发从前额往后捋了捋直，视线掠过小女孩的头朝着前方看去。

"坐车到希尔斯伯勒去得花多少钱啊？"贝茜问道，此刻她的心正在下沉。

"这你得问问其他人，"年轻人说，"我对这个乡巴佬州可不熟！以前从来没有来过。"他带着自豪的口气说着这话。

贝茜转身走到那个之前跟她们提起过沃恩的那个男人面前。

莫丽跟在贝茜身后一路小跑，既然贝茜已经能够如此娴熟镇定地和大人们进行交谈，莫丽的情绪便开始缓和下来。她没去听他们在说什么，也不想听。既然贝茜的声音已经恢复正常，她也就不用害怕了，无论怎样，贝茜会有办法的。她听到贝茜开始和这个男人交谈起来，不过她只是忙着看陈列出来的各种好看的果冻杯，并没有注意到他们的对话内容。然后贝茜又拉着莫丽走到门外，在这明媚的九月天里，往来人群不断，有的人吹着号角，有的人挥舞着绚丽的纸片，有的人则用孔雀毛撩动着对方，还有的人吃着纸袋里的爆米花和糖果。

看到这样的景象，莫丽想起她们还剩下十分钱。"噢，贝茜，"她提议道，"我们拿五分钱买点爆米花吃吧。"

贝茜突然猛地攥紧她们的小钱包，这让莫丽吓了一跳。贝茜用颤抖的声音回答说："不行，不行，莫丽。我们得节约每一分钱。我已经问清，我们俩坐火车回到希尔斯伯勒得花三十分钱，最后一班车的出发时间是六点钟。"

"可是我们只有十分钱呀。"莫丽说。

贝茜静静地看了她一会儿然后突然说："余下的钱我会去赚！不管怎么样我都要去赚钱！我必须得这么做！我想不出其它的法子了！"

"好吧，"莫丽奇怪地说，并没有觉出贝茜的话中有任何反常的地方，"你可以的，如果你想这么做的话，我就在这儿等你。"

"不行！"贝茜喊道，她已经受够了在人群中找人的感觉，"不行！你得时时刻刻地跟着我！你必须在我的视线范围之内！"

她们开始往前走，贝茜四处张望着，视线从一个地方飘到另一个地方。一个小女孩怎样才能在展销会上赚到钱呢？她特别害怕走上前去和陌生人讲话，可是不这样的话，她又能怎么开始呢？

"莫丽，你在这儿等着，"她说，"在我回来之前你一动也别动。"

但是，唉！莫丽这次只需等那么一小会儿，因为卖柠檬水的男人回答贝茜害羞的提问时，瞪着眼三言两语地就把她给打发了："老天，不！你这个小不点能帮我做什么呀？"

两个小女孩继续游荡前行。莫丽心情平静、满怀期待，她对贝茜充满了信心。而贝茜则口干舌燥，精疲力竭。她们经过一座大型棚状建筑，上面的巨大标语写着："伍德福德妇女帮助会提供一份价值三十五分钱的热鸡肉晚餐"。当然这个标语并不准确，因为现在才刚过三点半不到四点钟,鸡肉晚餐早已被消灭殆尽。这里已不见用餐者的身影,只有一群疲倦的女人待在那儿,她们或者无精打采地四处走动,或者萎靡不振地站在一张堆满脏盘子的大桌子前。贝茜停在那儿,想了一会儿,然后赶在勇气消失之前快步走过去。

一个灰白头发的女人有些不耐烦地低头看着她说:"已经没有晚餐了。"

"我不是来吃饭的,"她使劲地咽了咽口水说道,"我是想问你能不能雇我来洗碗,你付我二十五分钱就行。"

女人大笑,看了看小贝茜,又看了看那一大堆盘子,转过脸说道:"哎呀,孩子,就算你从现在洗到明天早上,跟我们要洗的盘子比起来还是九牛一毛啊。"

贝茜听到她对另一个女人说:"有个小家伙想赚钱去看杂技表演。"

现在该想想安姨妈遇到这种情况会怎么办。她一定不会因为感情受伤而全身瑟瑟发抖,也不会容许涌出的眼泪刺痛到眼睛,因此贝茜坚决地抑制住了情感的蔓延。安姨妈也绝对不会流露出极度失望的心灰意冷感,她一定会继续前行到下一个地方。虽然贝茜此时很想弯起手肘挡在脸上放声大哭一场,但是她挺直了背,重新拉起莫丽的手走了出去,她内心沮丧但外在却表现得很沉着(虽然脸很苍白)。

她和莫丽继续在人群中前行。年轻人之间的恶作剧和嬉闹令莫丽捧腹大笑,她还不时指指点点,随着下午时间的流逝,她的

理解贝茜
Understood Betsy

心情变得越来越轻松活泼。贝茜面无表情地看着他们，好像压根没看见似的。现在已经到了四点钟，再过两个小时开往希尔斯伯勒的最后一班车就要离开了，而她的钱还不够买车票。虽然她们走得很慢，但她始终觉得喘不过气来，有一种窒息感。她在想，恐怕没有哪个小女孩的生日会比她的要恐怖，这简直是闻所未闻。

"噢，我真希望我能去，丹！"一个年轻的声音在她耳边响起，"不过老实讲！要是我离开摊位一分钟，我妈妈准得把我给生吞活剥掉。"

贝茜快速转过身去，只见一位金发碧眼的非常漂亮的女孩（莫丽长大后也许会长成这样）正从一个铺着帆布的摊位的边缘处探出身来，招牌上写着该摊位卖的是自制的甜甜圈和饮料。一个满脸通红、性情活泼的年轻人正拉着女孩穿着的蓝色条纹棉布裙的袖子。"噢，来吧，安妮。就跳一轮！那个地板棒极了！你在舞厅里也可以留心到你的摊位！再说也没有人会偷这些老掉牙的东西的！"

"老实说，我特别想去！但是我还有一大堆盘子要洗！你是知道我妈的！"她颇为向往地朝露天舞池看去，它的上方正飘荡着一阵十分响亮的音乐声。

"噢，求你了！"一个细小的声音说，"你给我二十分钱我替你做。"

贝茜站在这个女孩的手肘边，由于过分认真身子也跟着颤抖起来。

"替我做什么呀，小家伙？"女孩有点惊讶，于是和蔼地询问道。

"所有事情！"贝茜斩钉截铁地说道，"所有事情！包括洗碗、照看铺子。你去跳舞吧！付给我二十分钱就行。"

女孩和那个年轻人相视一笑。"哎呀！我们岂不是大有希望了！"年轻人说，"你也就跟小奶杯那么点儿大，不是吗？"他对贝茜说。

小女孩顿时脸涨得通红——她讨厌被人嘲笑——她凝视着那双大笑的眼睛。"我今天十岁了，"她说，"我洗碗可以洗得和别人一样好。"她颇有骨气地说道。

年轻人捧腹大笑。

"是个好孩子，你看怎么办？"他对那个女孩说，"安妮，为什么不呢？你妈妈一个小时之内是不会回来的。有这个小孩照看的话，人们也就不会顺手牵羊了，而且……"

"我还会把盘子也给洗了。"贝茜再次重复，努力放宽心不去介意别人的嘲笑声，目光只牢牢地锁定前往希尔斯伯勒的火车票。

"噢，天啊，"年轻人笑着说，"安妮，我们的机会肯定来了！来跳舞吧！"

女孩这会儿兴致高涨，于是也大笑了起来。"妈妈肯定会气疯的！"她兴高采烈地说，"但是她永远也不会知道。小家伙，这是我的围裙。"她脱掉自己的长围裙，将它系在贝茜的脖子上，"这边是肥皂，这边是桌子。你把盘子叠好后放到那边的柜台上。"

女孩转眼便从柜台的小门里走了出来。在看到贝茜招呼她的

理解贝茜
Understood Betsy

手势后,莫丽走了进来。"哈哈,还有一个!"这个快活的年轻人,简直越来越高兴,"嗨,小纽扣!你准备做点什么呢?我猜当他们准备撞裂保险箱的时候,你准会冲到他们面前汪汪直叫,将他们赶走。"

莫丽睁大了她那双甜甜的蓝眼睛,一个字都没听明白。女孩大笑,猛地转回身,亲了莫丽一下,随即离开,与年轻人肩并肩地朝着舞厅跑去。

贝茜站到一个肥皂箱上愉快地洗起碗来。她未曾想过有一天她会这么喜欢洗碗,简直超过其它任何事情!但事实如此。她整个人如释重负,简直都想亲亲这些粗糙的厚盘子和玻璃杯。

"没事了,莫丽,这下没事了!"她回过头带着颤音雀跃地对莫丽说。但是莫丽一直都相信事情会朝好的方向发展(从贝茜发号施令的那一刻开始),所以她只是点点头,询问自己可不可以坐在一个水桶上以便观察过往的人群。

"我想是可以的,我想不出什么拒绝的理由。"贝茜略显迟疑地说。她把莫丽抱到桶上面,然后重新回去洗碗。她从没洗得这么干净过!

"请给我两个甜甜圈。"一个男人的声音在她身后响起。

噢,天啊,居然还有人来买东西!她该怎么做呢?她打算走上前解释说这个摊位的主人现在有事离开,而她不知道怎么……不过这个男人搁下一个五分硬币,拿了两个甜甜圈就转身走掉了。贝茜大吃一惊,她看了看那个插在盛满甜甜圈的大锅里的自制标语牌,上面确实写着"2个5分"。她把这枚硬币放到一个架子上,

140

转身继续洗碗。她寻思着,卖东西也并不是那么难。

适才如同猎物被追赶般的绝望感松弛下来,她开始享受新环境中的乐趣。当一个带着两个小男孩的女人走过来时,她兴高采烈、煞有其事地迎上前。"五分钱买两个。"她说这话的腔调颇有点买卖人的意思。女人放下一角硬币,拿起四个甜甜圈,将它们分给两个儿子后转身离开。

"天啊!"莫丽崇拜地看着贝茜,她做生意时的冷静态度彻底震住了莫丽。贝茜继续踩到那个肥皂箱上洗起她的碗来。

"噢,贝茜,快看!那儿有只猪!好大的牛啊!"莫丽喊道,她占据有利地形,俯视着摊位间那条宽宽的青草路。

贝茜扭过头来伸着脖子朝外面看了下,然后继续一心一意地洗碗、擦碗。一批优选的牲畜正被张罗着在集市上游行:那只最棒的公牛,它那闪亮的角上挂着蓝色的花饰;良种奶牛的脖子上围着花环;有四到五匹良种马的身体简直和缎子一样光滑,优美、强健的脖子呈曲线状,步伐颇有节奏,鬃毛和尾巴上系着明艳的丝带。莫丽这时又尖叫起来:"噢,贝茜,快看那只猪!"原来是小型家畜过来了,有绵羊、小牛、小马驹,然后就是这只猪,它摇摇晃晃地走过来,颇有点胖子们的压人气势。

贝茜转过头来专注地看着,不肯漏掉每个细节……多年以后当她闭起眼时,还能清楚地瞧见那金灿灿的九月阳光下行进着的乡村队列。

然而当她焦虑地注视着钟时,发现已经快五点了,要是那个女孩跳得太得意忘形忘了时间,那可怎么办啊?

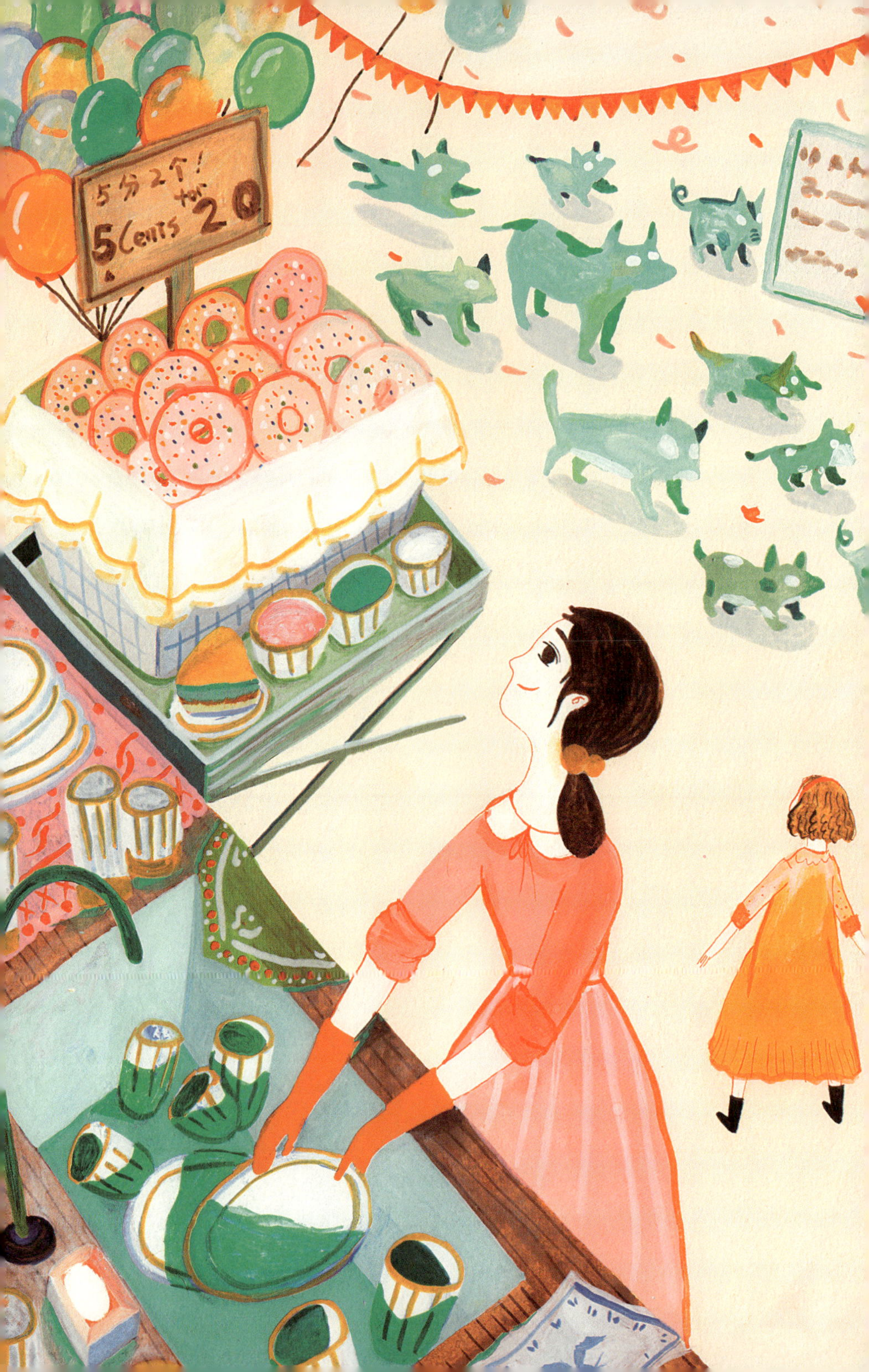
5分2个!
5Cents for 2Q

理 解 贝 茜

Understood Betsy

"两瓶姜汁汽水,六个甜甜圈。"一个男人说道,他身旁站着一个女人、三个孩子。

贝茜的视线忙不迭地穿梭于柜台上的那堆玻璃瓶间,然后落在那两瓶标记为姜汁汽水的瓶子上,她盯着上面的瓶塞心里想,他们怎么把瓶子拧开啊?

"起子在这边,"男人说,"你在找它吧。快,你把瓶子扶着,我来开。我们有点急,得赶火车。"

唉,他们可不是唯一得赶火车的人,贝茜悲哀地想。他们几大口就把汽水给喝完了,离开的时候还匆忙地把甜甜圈塞进嘴里。贝茜急切地盼望那个女孩快点回来。她现在几乎有点肯定,那女孩绝对忘了时间,准得跳到太阳落山才回来。但就在那个时候,女孩跑了过来,她步履轻盈,好像根本就没去跳那一个小时的舞,跟她离开摊位的时候没什么两样。

"小孩,把这个拿着,"那个年轻人将一个两角五分的硬币递给她,"多亏了你,我们才可以享受一下我们的青春。"

贝茜在自己剩着的那点钱里找了个五分硬币递给他,他拒绝了。

"算了,你把零钱留着,"他语气庄重地说,"你们做得很好。"

"那我就用这五分钱买两个甜甜圈吧。"贝茜说。

"你们不用给钱,"那女孩说,"想拿什么就拿什么,我妈才不会惦记它们。而且在这里卖的东西每天都得是新鲜的。来,你们俩把手张开。"

"有人过来买了东西的,"贝茜说,她和莫丽已经转身离开,但突然想起这事来,"付的钱就在那个架子上。"

"天啊!"女孩说,"你不仅帮我守店,还卖了东西!"她追上贝茜,给了她一个大大的拥抱,"你这个聪明的小家伙,我真想有个和你一样的小妹妹!"

莫丽和贝茜匆忙地走出展销会的大门来到镇上的主干道上,一路奔向火车站。莫丽边走边吃着甜甜圈,她们俩这时都饿坏了,不过贝茜没把火车票攥在手中,她是没心思吃东西的。

走到售票处,她把一枚两角五分的硬币和一个五分硬币推到售票窗口后面,然后用尽可能自信的声音说:"希尔斯伯勒。"不过当这珍贵的纸票终于推到她面前,她也实实在在地攥着它时,她的膝盖不住地打颤,她得走到那边的长椅上坐一会儿了。

"天啊!这甜甜圈太好吃了!"莫丽说,"我以前可是怎么吃甜甜圈都吃不够的!"

贝茜长长地吸了一口气,开始无精打采地吃起东西来,就在那么一瞬间,她感觉好累好累。

当她们下了火车走出希尔斯伯勒站时,她愈发地觉得累,两个人无比疲倦地朝着普特尼农场行进。还有两英里的路在前面等着她们,这在平时根本算不了什么,她们经常这么走,不过再怎么样她们也经不起今天这样的折腾。莫丽拖着两条腿往前走,贝茜用手费力地拉着她。贝茜步履维艰,脑袋耷拉,眼里是无尽的疲惫感与睡意。这时一辆双轮马车从她们身后的转弯处拐了出来,那匹马儿跑得飞快,好像驾车的人很是焦急,轮子辗在坚硬的路面上发出吱吱呀呀的声音。小姑娘们退到路的一边等这辆马车驶

理 解 贝 茜
Understood Betsy

过。驾车的人看到她俩后，旋即勒住了马，马儿几乎都要立了起来。在黄昏暗淡的光线中，他费力地瞧着她们，之后他大喊一声从车的一侧跳了下来。

是亨利姨爹——噢，太好了，亨利姨爹来接她俩了！她们不用再往前走了！

不过姨爹怎么了？他冲到她们跟前，大声地问道："你们俩没事吧？你们俩没事吧？"他俯下身来，仔细确认她们并没有受伤之类的，他那架势看上去反而好像希望她们哪儿有点伤似的。贝茜能感觉得到他那双苍老的手在颤动，全身上下都在哆嗦着。贝茜开口说："是啊，亨利姨爹，我们没事。我们是坐火车回来的。"听完这话，亨利姨爹整个儿靠向路旁的篱笆上，好像再也站不起来。他脱下帽子，擦了擦额头，然后说——这一点都不像是亨利姨爹在说话，他听上去很是激动——"天啊，天啊，天啊！我的上帝！你们总算是回来了！幸好没事！"

他根本无法停止喊叫，亨利姨爹这样简直是太奇怪了，你想不出有什么比这还要怪的。

待他们全部在车里坐定后，姨爹稍微平静了一点，他说："哎呀，总算没事！我们真是快吓死了！温德尔一家就和他们的表亲下午早早地就回来了，他们说你们会坐沃恩家的车回来。我们等了又等，你们还没回来，于是就打电话给沃恩家，他们说压根没看到你俩的影子，甚至不知道你们去了展销会。听了这话后，我跟你阿比盖尔姨婆大吃一惊！我和安赶紧把车套好，驾着车就往外跑。她驾着普莱斯朝伍德福德的方向沿着路的上方走，我驾着

145

杰西朝这条路的下方行；心想着大概可以在路上碰见你俩。天啊！"他又擦了擦额头，"看见你俩站在那儿我太高兴了……跑快点，杰西！我得赶快把这好消息告诉阿比盖尔。"

"跟我讲讲今天到底发生什么事了！"

于是贝茜开始从事情的开头往下讲，起初她不断被亨利姨爹愤怒的评论声所打断，温德尔一家居然对小孩子这么不负责任，这令他气愤不已。但渐渐地，她越讲他则变得越安静，这种几近专注的安静，只是偶尔被他吆喝杰西全速行进的声音所打断。

现在一切都安然无恙，贝茜觉得自己的故事有趣极了，她一个细节都没漏掉，不过有那么一两次她不太肯定亨利姨爹是否还在听她讲，他坐着一动不动的。"然后我就买了票，我们就回家了。"她讲完了事情的经过，还不忘补上一句，"噢，亨利姨爹，你要是能看到那只猪就好了！它真是好好玩呀！"

马车现在拐进了普特尼农场的院子里，他们可以瞧见门廊上阿比盖尔姨婆那庞大的身形。

"接到她们了，阿比！她们很好！一点儿事都没有！"亨利姨爹喊道。

阿比盖尔姨婆一言不发地转身走向屋里。当两个小女孩拖着疲惫不堪的双腿走进来时，她们发现姨婆正平静地往桌子上摆放为她俩准备的晚餐，而且她不停地用围裙抹掉她那雪白脸颊上喜悦的泪水！姨婆那玫瑰色的脸颊如今白得跟张纸似的，这太奇怪了。

"天啊，看到你们我就放心了，"她冷静地说，"快坐下来喝点热牛奶。我已经喝过了。"

电话响了,姨婆走到旁边的房间里去,她们听到她用颤抖的声音说:"好了,安,她们已经回来了。你父亲刚刚把她们带进来,我还没来得及听事情的经过。不过她们没事儿,你最好赶紧回来。"

"是你安姨妈从马绍尔打来的。"

姨婆走过来一下子瘫坐在椅子上,几分钟后亨利姨爹走进屋里来,她用极微弱的声音央求他把氨水瓶拿过来。他飞奔着把它拿过来,还递给她一把扇子、一杯凉水,他急切地俯身看着她,直到她那苍白的脸逐渐恢复红润。"我太了解你的感受了,孩子她妈,"他关切地说,"当我看到她们站在路边时,我感到仿佛有人在我的肚子上重重地打了一拳似的。"

因为疲倦,小女孩们吃着吃着都快睡着了,压根没有注意大人们在谈论什么,直到屋外急促的马蹄声在石头路面上嗒嗒作响,她们才醒过神来,然后看见安姨妈风尘仆仆地走了进来,目光如炬。

"看在上帝的份上,快告诉我到底发生了什么,"她说,随即又怒气冲冲地加上一句,"那个玛利亚·温德尔太令人生气了!"

亨利姨爹打断了她的话:"我来告诉你到底发生了什么吧。我来讲,你跟你妈坐着听就行了。"他的声音颤抖着,情绪激动。他给她们讲了贝茜那天下午的遭遇,她是如何的恐惧、困惑,又是在何种情况下做出乘火车回家的决定,以及最后是怎么挣得买车票的钱,就这一次亨利姨爹失去了普特尼家一贯的与世无争的冷静。他说话的时候,衰老的眼睛里似有一团火。

理 解 贝 茜
Understood Betsy

  贝茜注视着他,感到心里流过一丝暖意,心跳加速,一种无可名状的喜悦感涌现出来。啊,他为她骄傲!普特尼一家为她的行为而骄傲!

  当亨利姨爹讲到她是如何一次次在找活儿干的过程中遭到拒绝时,安姨妈一把伸出她那长长的胳膊、近乎粗鲁地将贝茜抓来放在自己的腿上,边听边紧紧地抱住她。贝茜以前可从没有在安姨妈腿上坐过。

  亨利姨爹讲完了,他一件不漏地重复完贝茜跟他讲过的所有的事情,然后问道:"你们怎么评价一个今天刚满十岁的小女孩所做的这一切?"安姨妈猛地敞开心扉,脱口而出:"我想我从没听说哪个小孩做过这么聪明、这么勇敢的事……我就是要当着她的面表扬她!"

  这是一个激动人心、有历史性意义的重大时刻。

  贝茜如同女王登基般地坐在姨妈结实的膝盖上,心里寻思着不知道其他的小女孩有没有如此这般美妙的生日。

第十一章
理解弗朗西丝姑妈

这一天是贝茜的生日过去一个月之后的十月的某一日,叶子已被染成红色和金黄色。在这一天发生了两件非常重要的事情,可以这么说,它们是同时发生的。贝茜观察到她的小猫咪埃莉诺(她还以为它只是小猫咪,其实它已经长大了)很少待在屋里。它每天来厨房两到三次,喵喵大叫着讨要牛奶和食物,快速吃完后随即便消失不见。贝茜想念在那些漫长的夜晚,当她玩着跳棋、大声朗读、做着针线活儿或是玩猜谜游戏时,那个趴在她的腿上咕噜作响、懒洋洋的小毛球。她同时也觉得很受伤,因为埃莉诺一点也不在意她,有好几次她都想方设法地试图让它留下来,要么在它跟前放置一个线拉得长长的转轴,要么将一卷毛线球从地板上滚过,埃莉诺却无动于衷,一点兴趣都没有,而以前它可喜欢了。现在只要门一打开,它就像一只离弦的箭似的消失得无影

理解贝茜
Understood Betsy

无踪。

一天下午贝茜追了出来,她跟在后面,想要抓住它并把它带回来。当埃莉诺发现有人跟着自己时,其跳跃的幅度越来越大,三番两次地从贝茜伸出的双手里逃脱出来。追着追着就来到谷仓门口,埃莉诺像一道灰色的影子似的闪了进去,贝茜紧随其后。它跳上陡峭、梯子状的楼梯,跃入贮存干草的顶阁里,贝茜也费劲地爬了上去。跟外面明亮的十月天比起来,这上面的光线显得十分昏暗,有那么一会儿,她根本就看不到埃莉诺。终于她瞧见它了,那么一个灰灰的小家伙正小心翼翼地走向干草堆,它嘴里正嘟哝着什么。是的,它真的在说话,和它平日里向贝茜"颐指气使"、喵喵大叫着讨要牛奶的声音非常非常不一样,它此时的声音柔和而又美妙,全是私语般、清脆的、如同唱歌似的叫唤声。天啊,贝茜几乎能明白它在说什么!她几乎能够肯定那是爱的呢语,突然这声音中插入一阵尖细微弱、如同银针般的叫声,叫声回荡在整间顶楼里。埃莉诺向前一跃,消失在干草堆里。激动万分的贝茜也赶紧爬了上来,用最快的速度走向干草堆。

现在一切都安静了——那些尖细、可爱的叫声如同刚才骤然开始一般,突然停了下来。埃莉诺趴在一个小小的窝的上方,它的咕噜声之大响彻整间谷仓,它是如此的开心与自豪以至于它根本无法克制自己。它的眼睛忽的一眨,然后弓起身来,滚到窝的另一边,它伸开爪子,展现在贝茜那惊讶、喜悦的双眼前的是——不,她在做梦——两只可爱的小猫咪,一只全身都是灰色的,跟她妈妈一模一样;另一只也是灰色的,不过胸口有一大团白色的毛。

理解贝茜
Understood Betsy

噢！它们实在是太可爱了！我太想抱抱这两只毛茸茸的小家伙了！贝茜小心翼翼地把手指轻轻地放在那只小灰猫的脑袋上，那温热的感觉令她激动不已。"噢，埃莉诺！"她急切地问，"我可以抱抱它们中的一只吗？"她轻轻地托起那只小灰猫，把它贴在自己的脸颊旁。小家伙就那样软绵绵地在她拢起的温暖的掌心里缩成一团。她可以感觉到它的小爪子在挠着她的掌心。"噢，小甜心！你这个好可爱、好可爱的小宝贝！"她一遍一遍低语道。

埃莉诺还在发出咕噜咕噜的声音，它用那双友善、信任的双眼仰视着正逗弄着它的孩子们的小主人，不过贝茜还是多少感觉到它很不放心的心情，尽管小主人纯属好意，但她那双又大又笨拙的手恐怕会弄伤孩子。"我一点都不会怪你，埃莉诺，"贝茜说，"要是我是你的话，我也不放心。看！我不会再碰它的！"她把小猫小心地放在它妈妈身边。埃莉诺马上开始大张旗鼓地给孩子洗起脸来，它反复地用它那厚实的舌头舔着孩子的脸。"天啊！"贝茜大笑，"要是我刚才对你的孩子稍有怠慢的话，你不得气到把我的眼睛给抠出来！"

埃莉诺似乎没有听到她在讲什么。或者说，它好像听到了别的什么动静，它突然停了下来，抬起头，竖起耳朵，仔细地辨认着远处的声音。然后贝茜也听到声音了，楼下正有人迈着小而急的步子摇摇晃晃地走进谷仓。肯定是小莫丽，她跟在贝茜身后时发出的就是这种声音。她看到这两只小猫咪一定会很开心！

"贝茜！"莫丽从下面喊道。

"莫丽！"贝茜在上面喊，"快上来！我给你看样东西。"

理解贝茜
Understood Betsy

紧接着就听到脚踩在粗糙的楼梯上发出的急促的攀爬声,然后莫丽那金黄色的小卷儿出现在视野之中,它在黑暗中闪闪发光。"我有一……"她说,不过贝茜没让她说完。

"快过来,莫丽,快点!快点!"她边喊边急切地向莫丽点头挥手,似乎要是莫丽不赶紧过来的话,小猫咪就会蒸发在这稀薄的空气中。

莫丽一时忘了自己要说什么,她兴奋地爬上干草堆,趴在那小猫咪一家人的旁边,她的欢喜甚至感染了贝茜和埃莉诺。两个小女孩都认为它们是世界上最好看的两只小猫咪。

"这两只小猫,"贝茜说,"你可以选一只,我让你挑。你喜欢哪只?"

她希望莫丽不要选那只全灰的小家伙,因为打第一眼起她就喜欢上了它。

"好吧,我选胸口是白色的这只,"莫丽毫不犹豫地说,"它好看多了!噢,贝茜!真的给我吗?"

这时一个白色的东西从她的裙子褶皱里掉出来,落在干草堆上。"噢,对了,"她漫不经心地说,"这是你的信。安小姐让我捎过来的。她说她看到你跑到谷仓这边来了。"

是弗朗西丝姑妈的信。贝茜边打开它边瞥向莫丽,生怕她把她的小猫咪抱得太紧。谷仓一侧的裂缝处射入一缕阳光,灰尘在其中飞舞,贝茜就着这光线读起信来。弗朗西丝姑妈的字迹很好辨认,她习惯把字母写得很大、很圆又特别清楚,所以小女孩读起来一点都不费劲。

当她读信的时候，眼前的这一切都消逝不见——谷仓、莫丽、小猫咪——她眼里什么都没有，只有这纸上的行行文字。

她读完信后，即刻站起了身，一会儿时间也没耽搁！她走下楼梯。莫丽正沉浸在与小猫嬉戏的欢乐之中，一点儿也没注意到她的离开。

贝茜走出昏暗的谷仓，十月的阳光充沛迷人，景象丰饶有致，她却熟视无睹。她离开家和谷仓，径直向山上的牧地走去，小溪边有她最喜欢的地方——那棵大枫树下的墨绿色水塘。她起初是走，过了一会儿她跑了起来，越跑越快，生怕不能快一点到那儿。她低着头，一只弯起的胳膊挡在脸上……

你知道吗，我不打算跟着她到那儿去，也不打算让你去。我担心要是我们看到贝茜在那棵大枫树下的样子，我们肯定会潸然泪下。她之所以跑得那么快，是希望能在这备受煎熬的时刻独自待着，并靠自己的力量驱散这难受的情绪。

那就让我们怀着沉重的心情回到果园吧，普特尼一家正在里面忙活着。等一会儿贝茜就会形容憔悴地走进来，她双眼通红、脸颊苍白。安姨妈正攀爬在一棵树上，她的肩上挂着一个篮子，里面装了半篮带有条纹的红色冬熟苹果；另一棵树上靠着一把梯子，亨利姨爹站在上面把一个个漂亮、光滑的黄绿苹果摘下来装入袋中；阿比盖尔姨婆则四处走动，把风吹落下的杂色苹果捡起来放在准备送至苹果酿酒厂的大桶里。

贝茜走路的样子似乎有些奇怪，待她走近，你会发现她的面部表情也有些奇怪。噢！她开口说话了，她奇怪的语调使得这生机勃勃的景象骤然停了下来，好像一颗炸弹在他们中间引燃了似的。

"我收到弗朗西丝姑妈寄来的信，"贝茜咬着她的嘴唇说，"她说她明天会带我离开这里，重新回到她们身边。"

接下来就是长时间的寂静无声：安姨妈几乎纹丝不动地站在树上，她透过层层的枝叶凝视着贝茜；站在梯子上的亨利姨爹转过身来，低头注视着贝茜，他手里握着一颗苹果，好像它冻住了一般；阿比盖尔姨婆两只胖胖的手抓住大桶，身子向前倾，她使劲地盯着贝茜看；贝茜低头看着自己的鞋子，紧抿双唇，不住地眨着眼睛。十月昏黄、朦胧的太阳慢慢地沉了下来，挂在铁杉山边，一束束长长的金色阳光穿过层叠的树枝干叶投射在他们身上，那样的安静、那样的一动不动。

贝茜首先打破这沉默，我真为她的话感到骄傲。她说："亲爱的弗朗西丝姑妈！她一直都对我很好！她总是尽心尽力地照顾我！"言语中尽是对姑妈的维护。

这就是贝茜在小溪旁的那棵大枫树下琢磨清楚的事儿。她觉得自己不管做什么，都绝不能伤害弗朗西丝姑妈的感情——亲爱、温柔、和蔼的弗朗西丝姑妈，她的感情是那么容易受伤，这么多年以来，她一直给予贝茜最为深切的关怀。贝茜是从哪儿获得启示的呢——也许是迎风山投射在牧地上、那渐渐朝她逼近的静谧的阴影，也许是这棵长满了红色和金色树叶的大树那静默的伟岸之态，也许是小溪那汨汨的私语声——也许它们合起来告诉她，现在这个时刻她不仅需要想想安姨妈在这种情况下会怎么办，她还要做得更多——这个时刻她得做那些她觉得对的事。那就是保护弗朗西丝姑妈，使她永远不要受到伤害。

她在果园里的发言打破了这寂静无声的咒语。安姨妈匆忙地从树上爬下来，篮子还没装满。亨利姨爹肢体僵硬地走下梯子，而阿比盖尔姨婆则从草丛那边穿了过来。他们异口同声地说："让我看看那封信。"

他们在那儿看完信，表情严肃地互相对视了一番，然后依旧沉默地转过身回到屋里，把袋子、桶还有篮子全部落在了树底下。这时大家都进到厨房里："好了，不管怎么样，晚饭的时间到了，"安姨妈仓促地说道，好似因为失了平日的镇定而不好意思，"差不多到时间了。我们就现在开始准备吧。"

"我出去挤奶。"亨利姨爹粗声粗气地说，虽然这并非他平日挤奶的时间。他拎起挤奶桶向谷仓走去，耷拉着脑袋、步伐沉重。

谢普这会儿醒了，鼻子发出扑哧一声响，从沙发上挪下身来；它一个劲儿地在贝茜身旁雀跃嬉戏，一会儿摇摇尾巴，一会儿又笨拙地在她跟前跳上跳下，巴望着贝茜逗它一番！她有点承受不了了！想想明天下午就再也见不到谢普和埃莉诺！还有那两只小猫咪！当她俯下身来，将双臂围在它的脖子上给它一个大大的拥抱时，她几乎都哽咽了。但是她不能哭，她绝不能伤害弗朗西丝姑妈的感情，或者是显出一丝不愿与她回去的表情。弗朗西丝姑妈为她付出那么多，她要是那么做的话就太对不起姑妈了。

那天晚上莫丽睡着后，贝茜躺在床上一直睡不着。他们决定到最后一刻再告诉莫丽这件事，所以她和往常一样安谧地进入了

理解贝茜
Understood Betsy

梦乡。但是可怜的贝茜眼睛却睁得大大的,她看见门底下有一缕光,那光越来越密集:门开了。阿比盖尔姨婆站在那儿,头戴睡帽,身着长长的白睡袍,身形如山一般的巨大,一支蜡烛照耀着她那苍老、严肃的脸。

"贝茜,你还没睡吧?"她低声说道,瞧见被子上方小姑娘那双暗色的眼睛正眨巴眨巴地朝她看来。"我刚才——刚才琢磨着得来看看你,看你有没有事。"她走到床边,把蜡烛放到那个小小的床头柜上。贝茜热切地伸出双臂,老太太俯下身子。接下来就是一个长长的拥抱,她们一言不发。然后阿比盖尔姨婆匆忙地直起身,飞快而轻巧地拿起她的蜡烛,拖着沉重的步伐走出房间。

贝茜翻了个身,把一只手臂搭在莫丽身上——过了明天,就再也见不到莫丽了!

她强忍住啜泣,眼睛直勾勾地看着天花板,星光的映衬使它泛起幽暗的白光。门下又出现了一缕光,它越来越密集。这次是亨利姨爹站在那儿,他手里拿着支蜡烛,朝房间里张望着。"贝茜,你没睡吧?"他小心翼翼地问。

"是的,我还没睡,亨利姨爹。"

老先生拖着脚走了进来。"我刚才想,"他说,似有犹豫之色,"也许你会喜欢我这只手表。坐火车的时候,有只手表会方便很多,而且我非常希望你能拥有它。"

他把它搁在床头柜上,他一直就很珍惜这只自他二十一岁起就陪伴他的金表。

理解贝茜
Understood Betsy

贝茜伸出手,紧紧地抓住姨爹那粗糙、苍老的手。"噢,亨利姨爹!"她开了口,却无法继续下去。

"我们会想念你的,贝茜,"他的声音有些飘忽,"你在这儿……在这儿实在是太好了……"

然后他也飞快地抓起蜡烛,几乎是跑着离开了房间。

贝茜翻了个身平躺着。"现在不准哭!"她情绪激动地对自己说,"不准哭!"她紧咬着牙齿,双手用力地攥在一起。

这会儿有什么东西在房间里移动。一个人俯身靠近,是安姨妈。她没有发出一丝声响,只是用结实的手臂将贝茜环住,越抱越紧,直到贝茜感觉到另一颗心脏那激烈的脉动在她全身上下流动。

然后姨妈悄悄地离开了,正如她悄悄地来。

不过,不知怎的,那个大大的拥抱带走了贝茜眼睛上的灼烧感和心头的憋闷感。她突然好累好累,之后她紧紧地偎依着莫丽睡熟了。

第二天早上,没人提起昨晚的事。大家吃完准备好的早餐后,便即刻将马车套好准备启程。亨利姨爹和贝茜一起去火车站接弗朗西丝姨妈。贝茜穿上了那件安姨妈为她做的酒红色开司米新外套,柔软的白色领口上镶有优雅、复古的绣花边,那是阿比盖尔姨婆从阁楼上的皮箱里取出来送给她的。

在亨利姨爹和她驾车前往镇上的途中,他们很少说话,而当他们站在站台里等车时就说得更少了。火车进站的声音远远响起,它费力地吐着气,慢吞吞地爬进站来。这时贝茜把手放到姨爹的手里，他紧紧地握住她的手。

　　只有一个人在这个小站下了车，那就是弗朗西丝姑妈。她打扮得异常光鲜亮丽，都市气息浓郁：她围着一条蓬松的鸵鸟皮围巾，戴着双小山羊皮手套，一张白色的面纱遮住了她的脸，另一条蓝色的面纱则在她那缀有花朵的天鹅绒帽子上飘动。她好漂亮啊！而且好年轻——白纱极好地遮掩了她那甜美、瘦削的脸上那些细小的纹路。她显得激动万分、焦虑不安！贝茜已经忘了弗朗西丝姑妈是个极度焦虑的人。姑妈一把抱住贝茜，突然又缩成一团大哭起来——她得照看自己的行李箱——然后再次抱住贝茜，并和亨利姨爹握了握手，姨爹极力想让严肃的脸看起来友好一些，却带着明显的不自然。紧接着姑妈又烦躁起来，说她一定把伞忘在了火车上。"噢，列车员！列车员！我的伞，就在我的座位上，一把蓝色的伞，手柄是弯的。噢，原来它就在我的手里！我到底在想什么呀！"

　　列车员明显是想让火车从这站台尽快驶走，因为他现在冲着空荡荡的站台喊了声"全部上车"，随即就跳回火车的台阶上。火车开动了，它行驶在陡峭的斜坡上发出不正常的嘎吱嘎吱声。等到了下一个路口时，它又恢复了正常，发出的预警声引得山谷中回声阵阵。

　　亨利姨爹拎起弗朗西丝姑妈的行李箱，步履沉重地走回马车。他坐在前排，弗朗西丝姑妈和贝茜则坐在后排；他们开始出发了。

　　现在我希望你仔细地聆听后排座位上所说的每一个字，因为这是一次非常非常重要的谈话，贝茜的命运此时就悬于一根睫毛的弯曲或是一次声音的颤动之中。命运一向如此，不是吗？

弗朗西丝姑妈把贝茜抱了又抱，惊呼她长得又高又壮又胖——她可没说长黑了，尽管你能觉察出她心里想的一定是这个。她透过面纱看见了贝茜那张晒得黑黑的脸，她又低头看了看自己那漂亮、白皙的手，和贝茜那皮革色、结实的手，这两双手对比如此鲜明。她不停地大呼小叫！贝茜怀疑她以前是不是也是如此地容易激动。突然，一个惊人的消息蹦了出来，而且它应该就是弗朗西丝姑妈异常焦躁的原因。

弗朗西丝姑妈要结婚了！

是的！想想吧！贝茜被它惊得目瞪口呆，顿时瘫坐下来。

"难道贝茜觉得她的弗朗西丝姑妈是个呆笨的老姑娘吗？"

"不是的，弗朗西丝姑妈，不是的！"贝茜激动地喊了出来，"你看上去非常的年轻，还很漂亮！比我记忆中的还要年轻得多！"

弗兰西斯姑妈高兴得涨红了脸，她继续说道："要是你的老弗朗西丝姑妈成了普林顿太太的话，你还会一样爱她吧？"

贝茜用胳膊围住她，给了她一个大大的拥抱。"我会永远爱你的，弗朗西丝姑妈！"她说。

"你也会喜欢普林顿先生的。他个子很高，还很强壮，他就是喜欢照顾别人，他说这是他娶我的原因。你不好奇我们以后在哪儿住吗？"她自问自答道，"我们不住在一个固定的地方。我是不是像在开玩笑？普林顿先生是个商人，他四处奔波，从不在一个地方待上超过一个月的时间。"

"那哈莉特姑婆怎么办呢？"贝茜好奇地问。

"噢，她现在身体恢复得越来越好，"弗朗西丝姑妈开心地说，"她的亲姐妹，我的瑞秋阿姨已经从中国回来了，她待在那儿做了很长时间的传教士。两个老太太会一起在加利福利亚生活，她们有一个非常可爱的小木屋，门前种满了玫瑰和金银花。不过你和我住在一起，亲爱的，我们会去各种各样的地方，见到很多新奇的东西，那一定会很有趣的。"

尽管弗朗西丝姑妈话是这么说，不过贝茜从她的语气以及面部表情隐约感觉得出姑妈不是那么的乐意。

她的心猛地一跳，以至于在她可以开口说话前，都得紧紧地握住马车的扶栏，她平静地说："不过弗朗西丝姑妈，在你四处旅行的时候，我会不会很麻烦啊？"

现在，尽管贝茜的话是如此这般，但弗朗西丝姑妈听出了些弦外之音，这似乎暗示着贝茜并非如同姑妈自己想象的那样，迫切地希望离开普特尼农场。

她们有好一会儿不再说话，言语的错综复杂与拐弯抹角将两人分离开来，她们将其撇在一边，只是凝视着对方。我跟你讲过这是一次意义重大的谈话。有一点可以肯定，当马车向前行驶时，后座的人只留心车子的内部，对其它的一切都视而不见。红色的漆树和古铜色的山毛榉徒劳无功地向她们挥舞着身躯。她们的眼睛如此专注地看着对方，两人都因怕伤害对方的感情而苦恼不已。

一阵寂静无声后，弗朗西丝姑妈猛地回过神来，她爱抚地将手臂绕住贝茜说道："噢，亲爱的，要是我的小宝贝快乐的话，弗朗西丝姑妈又怎么会怕麻烦呢？"

理 解 贝 茜
Understood Betsy

贝茜语气坚决地说："噢，你知道，弗朗西丝姑妈，我喜欢和你在一起！"贝茜勇敢地在言语的丛林里迈开一步，"但是老实说，弗朗西丝姑妈，还是会很麻烦吧？"

弗朗西丝姑妈为了回应她也向前迈开一步："但是亲爱的小女孩总需要待在一个地方……"

贝茜几乎忘了自己的小心谨慎，她脱口而出："但是我可以留在这里！他们会收留我的！"

弗朗西丝姑妈那漂亮、瘦削、甜美的脸上突然闪现了一丝解脱与希望，连她的两层面纱都无法遮掩。她鼓起所有的勇气，决定不再拐弯抹角，她坦率地问："那么，你喜欢这儿吗，贝茜？你愿意留在这里？"

贝茜之后一点也想不起来，有没有小心翼翼地让自己别喊得那么大声、那么高兴。她大声说："噢，我喜欢这里！"她们面对面地坐在那里，用最真诚、最喜悦的目光看着对方。

弗朗西丝姑妈抱住贝茜又问了一遍："亲爱的，你确定吗？"她不再刻意隐藏自己的解脱感。贝茜也没有。

"要是你在附近住的话，我可以经常去看望你。"贝茜兴高采烈地提议道。

"噢，是啊，我得抽出点时间和我的小宝贝待在一起！"弗朗西丝姑妈说。现在她们再也不用言不由衷了。

她们依偎在一起，内心充满了不可言状的满足感。这时亨利姨爹把马车赶到了石阶前。贝茜首先跳了下来，在亨利姨爹把弗朗西丝姑妈扶下来的间隙，她疯也似地朝着屋里跑去。她一把撞

理解贝茜
Understood Betsy

开门,冲到正走出来的阿比盖尔姨婆怀中,这感觉就好像跌入一张满是羽毛的床中……

"噢!噢!"她气喘吁吁地说,"弗朗西丝姑妈就要结婚了。她要四处旅行。她也不太想让我跟着!我可以留在这儿吗?可以吗?"

安姨妈就站在阿比盖尔姨婆身后,她全听到了。她的视线越过姨婆和贝茜,落在尾随其后、正要进门的弗朗西丝姑妈身上,她用一贯镇定冷静的声音说到:"你好,弗朗西丝!很高兴见到你。你看上去状态很好,祝贺你!谁是那个幸运的男人?"

在这么激动的时刻,她居然还能如此冷静,贝茜不禁被其折服。她知道阿比盖尔姨婆是做不到这样的,姨婆正抱着贝茜坐在一把摇椅上,她看到姨婆扶着椅背的那双满是皱纹的手正瑟瑟发抖。

"那也就意味着,"安姨妈继续说,她一贯喜欢开门见山,"贝茜可以继续留在这里和我们一起生活了。"

"噢,你们真的愿意她留在这儿吗?"弗朗西丝姑妈激动地问,仿佛在此刻前她从来没这么想过,"贝茜真的愿意留在这里?"

"噢,我是真的愿意!"贝茜用确信的神情看着姨婆的脸说。

阿比盖尔姨婆这会儿开了腔。她连着清了两次嗓子才开口说:"当然,我们愿意她留在这儿。我们已经习惯她在眼前晃悠了。"

她说的话就是如此,不过在这激动人心的一天,你之前也领教过言不由衷的情况,人说话的内容远远不及人说话时的表情重要。当姨婆平静地说出这话时,她的嘴角在抽搐,喉咙在哽咽。

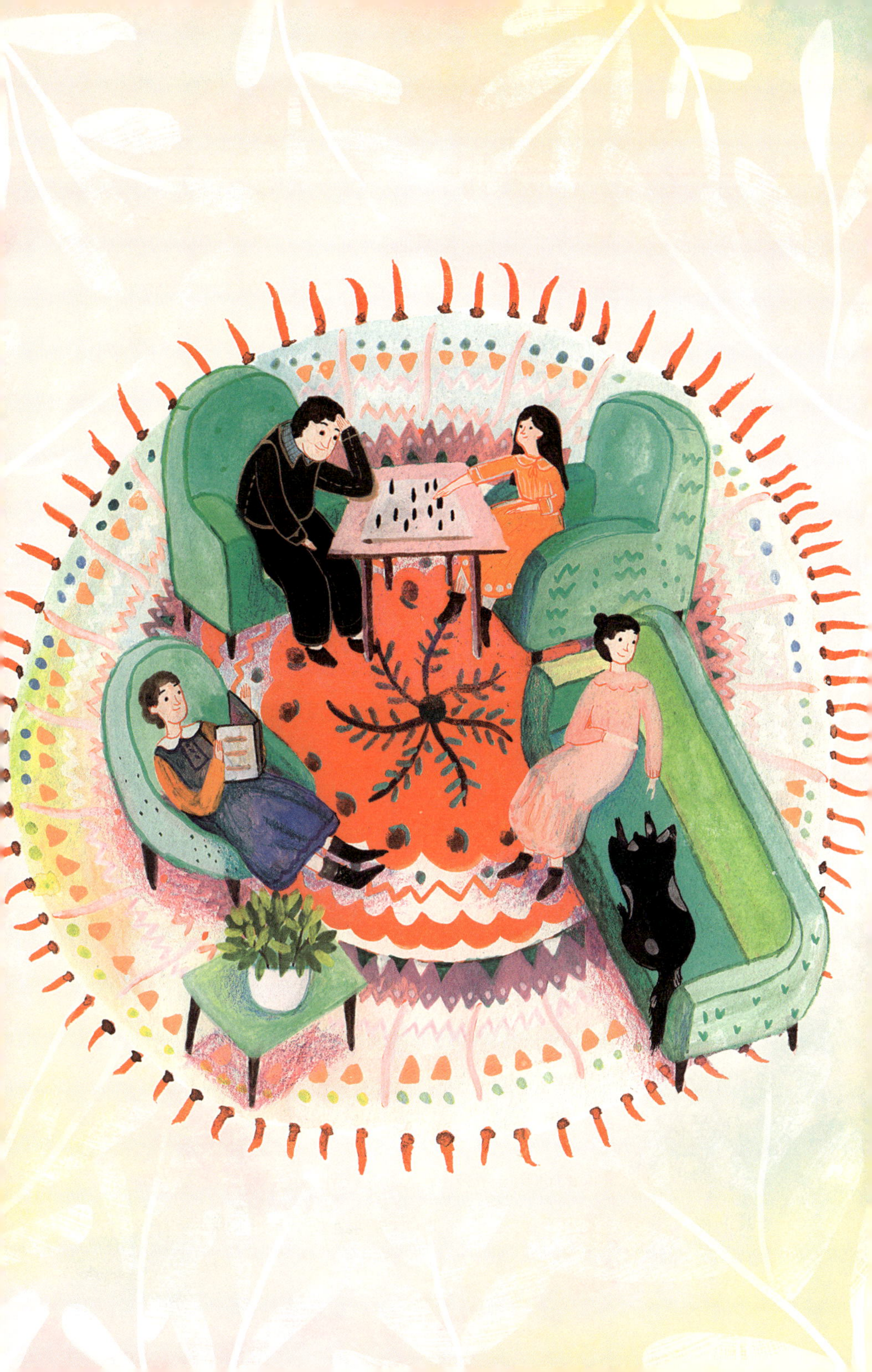

理解贝茜
Understood Betsy

她急匆匆地对安姨妈说:"把手绢递给我,安!"她擤擤鼻子然后说:"噢,我真是个没用的老家伙!"

这时突然吹来一股清新的风,席卷了这一整间房。所有的人都长吸一口气,然后开始愉快地、声音洪亮地聊起天来,她们谈论到天气、弗朗西丝姑妈的旅程、哈莉特姑婆的身体状况,弗朗西丝姑妈住哪个房间、以及她是把行李留在楼下还是带到楼上。说着说着,贝茜的心好像要炸了一样,她冲出房间,谢普跟在她身后。她疯了似地朝着谷仓的方向跑去,她不知道自己要奔向哪里。她只知道她要跑起来、蹦起来、喊起来,不然的话,她整个人都会爆炸。

谢普也跟着贝茜又跑又跳的。

这两个狂野的家伙疾驰在风中,好似被风吹动的色泽明亮的秋叶。小莫丽这时正出现在谷仓门前。

"噢,我留下来了!我留下来了!"贝茜尖叫道。

不过莫丽完全在状况外,她只是说:"当然,为什么不呢?"然后继续忙活着那些重要的事情,她煞有其事地说:"我的小猫咪可以走路了!刚才它迈了三步。"

弗朗西丝姑妈把外套之类的都卸下后,贝茜领着她四处参观。她们首先在整个屋里转了一圈,然后重点看了看起居室。"这个地方最可爱,不是吗?"贝茜热切地说,她环顾四周那白色的窗帘、鲜艳的花朵、书架以及擦得锃亮的炊具。她目不暇接地看着这一切,眼里满是喜悦的神情,她完全忘记自己刚看到它时,觉得它既简陋又寒酸。她并没有注意到弗朗西丝姑妈对这个房间没有丝毫的兴趣。

她停下来洗了几个土豆，把它们放进烤炉里准备晚饭时吃。弗朗西丝姑妈见状大吃一惊。"我平时负责土豆和苹果，我的意思是用它们来做食物。"贝茜自豪地解释道，"我已经会做苹果派和苹果烤布丁了。"

然后她们往下走，来到铺着石头地板的奶品间。阿比盖尔姨婆正在做黄油，贝茜则怀着满心的自豪向弗朗西丝姑妈展示自己摆弄搅拌棒的熟练，以及掂量黄油块时的精准——一块的话重量不会超过一盎司，两块的话不会超过一磅。

"天啊，孩子！想不到你会做这些！"弗朗西丝姑妈越来越吃惊了。

她们走出门外，谢普不停地在周围蹦来蹦去。贝茜惊讶地发现只要这只大狗在姑妈身边蹦跶，她准会特别紧张地往回缩。走到谷仓后，贝茜顿觉失望，因为面对那像梯子般陡峭的楼梯时，姑妈突然停住脚怎么也不肯爬上去："噢，我不行！我不行，亲爱的，你要爬到上面去吗？上面很安全吧？"

"怎么会，连阿比盖尔姨婆也爬上去看过小猫！"贝茜喊出声来，她几乎有点恼怒。但是看到弗朗西丝姑妈因为害怕爬上阁楼而极度痛苦不安的样子，她的心顿时软了下来，她把小猫咪取下来给姑妈看了看，只听到埃莉诺在阁楼上焦躁不安的叫唤声。

回去的路上她们经历了一次历险，一次勉强意义上的历险，它让贝茜再次感受到自己是多么地爱她那亲爱、和蔼的弗朗西丝姑妈，也再次明白那是怎样的一种爱。

理解贝茜
Understood Betsy

当她们穿过谷仓前的空场地时，一只调皮的小牛撒开腿飞奔过来，作势要用自己的小脑袋撞她们。

贝茜和谢普经常在这条路上花上半小时逗弄这只小牛，所以现在没觉得有不对劲的，老实说，已经习惯成自然了。

但是弗朗西丝姑妈却发出一声巨大、刺耳的尖叫声，好似有人将她碎尸万段了一般。"救命！救命！"她尖叫到，"贝茜！噢，贝茜！"

她的脸煞白地像一张纸，一步也不敢动。"没事儿！没事儿！"贝茜不耐烦地说，"它只是逗着玩儿呢。我和谢普经常和它一起玩。"

小牛低着头越靠越近。"走开！"贝茜板起脸喝道，并朝它踢去。

看到贝茜有掌控突发事态的端倪后，弗朗西丝姑妈大声喊道："噢，干得好，贝茜，让它走开！快让它走开！"

贝茜这才意识到弗朗西丝姑妈是真的给吓到了，真的，就在那一刻，她的不耐烦烟消云散，一去不复返。她对弗朗西丝姑妈的感觉就跟对小莫丽一样，她立即采取了相应的措施。她一个箭步跃到姑妈身前，捡起一根树枝，朝小牛的脖子上挥了一下。它退了回去，又惊又委屈，用一双责备的眼睛看着昔日的玩伴。贝茜却毫不留情，绝不能吓到弗朗西丝姑妈。

"过来，谢普！过来，谢普！"她大声叫道，当这只大狗蹦蹦跳跳着跑向她时，她指着这只小牛厉声道，"把它带到谷仓去，先生！"

理 解 贝 茜
Understood Betsy

  谢普欣然受命，冲锋向前，它怒吼着一跃而起，好似要生吞了这只小牛。它们迅速地穿过谷仓前的空地，进了谷仓。一会儿工夫，谢普重新出现，它吐着舌头，摇着尾巴，眨巴着眼睛，对自己很是骄傲，这会儿它如警卫般守卫在谷仓门口。

  弗朗西丝姑妈玩命似的从谷仓门前飞奔而过。直到远远将其抛在身后，她才瘫坐在一块石头上，上气不接下气，脸依旧煞白，焦躁不安。贝茜怀着满腔的爱意伸出胳膊搂住姑妈。她觉得没有人能像她这般理解弗朗西丝姑妈，亲爱、甜美、温柔、懦弱的姑妈！她用她那双结实、晒成褐色的手握住那瘦削、紧张、白皙的手指。"噢，亲爱的弗朗西丝丝姑妈！"她喊道，"我真希望能永远照顾你。"

  在亨利姨爹和贝茜将弗朗西丝姑妈送至车站后回来的路上，这个季节最后的红叶和黄叶正随风缓慢地落到地面上。他们可不像上次来接姑妈时那般沉默无语，这回他们有说有笑，为即将来临的冬天做着计划。"我明天就得把炉里的火生起来，"亨利姨爹略有所思地说，"那些苹果也得送到苹果酿酒厂去。你可以坐在那些压榨机的上面，看看苹果酒是怎么做成的。"

  "噢，太棒了！"贝茜说，"我得把黛博拉夏天穿的衣服收起来，再找安姨妈做身暖和点的衣服，天气转凉后把黛博拉带到学校里，真得给她多穿点。"

  当他们驾车进到院子里后，他们看见埃莉诺从谷仓的方向跑过来，嘴里衔着个又大又沉的东西。它把头抬得尽可能的高，但是这东西还是不住地拖着地面，撞到地上坑坑洼洼的地方。"看啊！"贝茜说，"埃莉诺抓了只好大的老鼠！"

理解贝茜
Understood Betsy

亨利姨爹眯起眼睛盯着埃莉诺看了一会儿，大笑起来："看来不是只有我们在为冬天做准备啊。"他这么说。

贝茜不太明白他在说什么，她匆忙地从马车上爬下来，想去看个究竟。当她靠近埃莉诺的时候，它如释重负地放下口中的重担，带着信任的神情看着小主人的脸。什么，这居然是那两只小猫咪中的一只！埃莉诺是打算把它衔到家里来。当然！冬天快要来了，它们可不能继续待在那冰冷的干草堆里了。这个小东西正在这粗糙的地面上笨拙地爬着，它试着站起来走动一下，但小腿儿太柔弱了。贝茜将它捡起来，小心翼翼地托着往屋里走去，埃莉诺在她身边婀娜地走着"猫步"，还一直在小声地喵喵直叫，似乎在表达自己对于小猫咪住处的看法。贝茜觉得自己完全明白了它说的话："好的，埃莉诺，你想在壁炉后放一个可爱的小篮子，里面再放张暖和的旧毛毯。好的，我会给你布置妥当的。全家人要是都住在那儿的话会很不错。我去把你的另一个孩子带过来。"

显然埃莉诺可比不上贝茜，她听得懂猫说的话，它却听不太懂小女孩说的话。贝茜忙着布置壁炉后一个角落里的小窝，过一会儿她转身出来，却发现埃莉诺不见了。她跑到谷仓去，在那里发现了埃莉诺，它正痛苦地把头往后仰，嘴里叼着另外一只又肥又重的小猫咪，这会儿猫咪正缩着它那粉色的小爪子，生怕撞到地上的石子，但还是撞到了。"喂，埃莉诺，"贝茜不太高兴地说，"你真是不信任我！我肯定会给你安排妥当的。"

当她们来到厨房后，阿比盖尔姨婆说："你现在得开始教它们怎么喝水。"

"天啊!"贝茜问,"难道它们还不知道怎么喝?"

"你试试就知道了。"阿比盖尔姨婆脸上浮现出一丝神秘的笑容。

当亨利姨爹将几桶香气四溢、热腾腾的牛奶带进屋里后,贝茜倒出一些在碟子里,将它放在小猫咪的跟前。她和莫丽蹲下来观察着它们,不久后她们就笑得直在厨房的地板上打滚儿。刚开始的时候,猫咪们四处观望,就是不看这碟牛奶,它们似乎哪都看得见,却就是看不见鼻子底下的东西。之后,小灰(贝茜的猫咪)漫不经心地走动着,哪知道正好踩到碟子里,脚湿透了,一脸的委屈和惊讶。看到它甩动着自己粉色的脚趾头,然后坐在地上一本正经地将趾头舔干净的样子,莫丽忍不住哈哈大笑。紧接着"白围嘴"(莫丽的猫咪)把脑袋伸到了碟子里。

"看!我的猫咪比你的那只要聪明多了!"莫丽说。不过白围嘴把头埋得越来越低,直到完全浸入在牛奶里,牛奶几乎都没过了它的眼睛,它看上去十分害怕,还很可怜。然后它猛地一下抬起头,不住地打着喷嚏,一个又一个美妙、可爱的小婴儿似的喷嚏!它不停地用那粉红的小爪子挠着它那粉红的鼻子,直到埃莉诺心疼它,过来帮它弄干净。埃莉诺看见了牛奶,它停下来开始急切地舔食起来,不一会儿就喝得干干净净,它用粗糙的舌头一点点地舔着碟子,发出巨大的声响。小猫咪的第一堂课也就这么结束了。

那天晚上他们围坐在灯下,埃莉诺和往常一样跑过来跳到贝

理解贝茜
Understood Betsy

茜腿上。贝茜正在和亨利姨爹下跳棋,她愉快地放下手中的棋子,欢迎它的归来。不过埃莉诺十分的不安,它不停地竖起耳朵,焦虑地看向那个篮子,小猫咪们蜷缩在里面,紧紧地挨在一起,好似一团软软的灰色毛球。它时不时用力地跳下去,跑到篮子旁边,注视并舔舐着它们。一会儿后,又重新回来跳到贝茜的腿上。

"埃莉诺这是怎么了?"安姨妈注意到它的踱步与不安。

"也许它希望贝茜也能抱抱它的孩子们。"阿比盖尔姨婆猜测到。

"噢,我太愿意了!"贝茜边说边展开双膝让大腿的面积更大一点。

"但是我想抱抱我的白围嘴!"莫丽从她正穿着的珠子上抬起头问道。

"这样啊,也许埃莉诺会让你抱的。"安姨妈说。

小姑娘们跑到篮子跟前,各自抱起自己的小猫咪。埃莉诺焦急地注视着她们,但是当她们一坐下来,它就马上高兴地跳到贝茜腿上,紧挨着小灰蜷缩成一团。这回它彻底地安下心来,整间屋里都是它响亮的咕噜声,时不时地穿插着轻轻的喵声。

"看来,你们的冬天是安排妥当了。"阿比盖尔姨婆说。

过了一会儿安姨妈爆了一些爆米花,见状老谢普从沙发上跳了下来跑到贝茜的膝旁,贝茜时不时地给它喂上一把。埃莉诺睁开一只眼睛发现是老朋友,随即睡意未减地闭上眼。小灰睁开眼发现这么个可怕的怪物在自己身边,不由得惊恐万分,好像随时做好了送命的准备。它竖起它那小得出奇的尾巴,张开它那张好笑的、粉嘟嘟的嘴巴，发出奶声奶气的咝咝声，并用它那柔软的小爪子野蛮地抓挠着老谢普那张友善的脸。这个勇敢的小家伙让贝茜觉得很好玩，在为它自豪同时，她不禁捧腹大笑，她把它拿起来放到自己的脸颊边，充满爱意地摩挲着。看到这些小猫咪一天天长大该是件多么有趣的事啊！

老谢普轻轻地退回到沙发前，它的脚趾在地板上发出咔哒咔哒的声音，它费力地爬上沙发，又睡着了。小灰此时又缩成一个球。埃莉诺在恬梦中时而微微震颤，时而伸个懒腰，她绝对信任地将头埋进小主人的手心。贝茜便用她另外一只手下着跳棋。

当亨利姨爹寻思着下步棋该怎么走时，小女孩低头看了看她的宠物，漫不经心地聆听着屋外呼啸的秋风，秋风的呼啸震得这栋老房子的百叶窗哐哐作响，玻璃窗也发出吱吱的声音。壁炉里的一根木头烧成两截，它们一起落下发出轻轻的、私语般的声音。在台灯那稳定的光线中，我们可以看到正俯身专注于下棋的亨利姨爹，莫丽那充满光泽的圆脸和光亮的头发，阿比盖尔姨婆那红通通、布满皱纹的愉悦的脸，以及安姨妈那双安静、明亮的黑眼睛。

这个房间弥漫着一种美丽的东西，贝茜知道它是什么。它的名字叫幸福。

图书在版编目（CIP）数据

理解贝茜 /（美）多萝茜·坎菲尔德·费希尔著；
杜庄译. -- 南京：江苏凤凰文艺出版社, 2019.5（2021.11 重印）
ISBN 978-7-5399-9516-8

Ⅰ. ①理… Ⅱ. ①多… ②杜… Ⅲ. ①儿童文学 - 长篇小说 - 美国 - 现代 Ⅳ. ① I712.84

中国版本图书馆 CIP 数据核字（2016）第 171182 号

理解贝茜

（美）多萝茜·坎菲尔德·费希尔 著　　杜　庄 译

出 版 人	张在健
策　　划	黄孝阳
责任编辑	张　黎
装帧设计	王晨玥
责任印制	刘　巍
出版发行	江苏凤凰文艺出版社
	南京市中央路 165 号，邮编：210009
网　　址	http://www.jswenyi.com
印　　刷	苏州越洋印刷有限公司
开　　本	889 毫米 × 1240 毫米 1/32
印　　张	5.625
字　　数	120 千字
版　　次	2019 年 5 月第 1 版
印　　次	2021 年 11 月第 2 次印刷
书　　号	ISBN 978 - 7 - 5399 - 9516 - 8
定　　价	26.00 元

江苏凤凰文艺版图书凡印刷、装订错误，可向出版社调换，联系电话025-83280257